小偷家族

万引き家族

是枝裕和

目次

第一章　可樂餅

祥太第一次看到那個女孩，是在去年夏天。

老舊的五層樓團地（註1）入口旁設置著一排排銀色信箱，下方堆置著兒童用腳踏車、連丟棄都被遺忘的紙箱等雜物。女孩好似承受某種懲罰般坐在那裡，望著來來往往的人。

祥太與父親每個星期會去一次「新鮮組」超市，而這座團地剛好位在超市和他們家之間的正中央。龜裂的建築牆壁昔日想必更白，為了隱藏裂痕而重新塗上白漆，反而更突顯牆壁因老舊骯髒而變成灰色的現

1 大量興建的集合式住宅社區。

狀。

父親阿治每次經過這裡，就會抬頭仰望建築牆壁，然後用手肘戳戳祥太說：

「做工真差，簡直就像業餘的。」

父親以前似乎從事過塗裝工作。

「你為什麼不做了？」每當祥太這麼問，父親就笑著回答「因為我有懼高症」。

父親稱這座團地為「公團」（註2），母親信代則稱之為「都營」。祥太不知道哪一個稱呼正確，也無從區別這兩者有什麼差別。信代說「這裡的租金超便宜的」，話語中往往帶著冷笑，既像是嫉妒又像是輕蔑。

2　由日本住宅公團（現在的都市再生機構）興建的住宅稱為公團住宅，都營住宅則是以較低收入者為對象的公營租賃住宅。

他們每星期三都會去超市，不過並不是為了買東西，而是為了支撐柴田家家計的重要工作。星期三是這家店的特賣日，顧客特別多，店內到處張貼「點數三倍」的廣告。祥太不太懂這樣比平常優惠多少。兩人在星期三傍晚五點踏入店內，瞄準的是晚餐前店內生意最好的時段。

這天從早上就很冷，甚至刷新了二月最低氣溫。天氣預報煞有介事地報導傍晚開始會下雪。從家裡到超市的十五分鐘路程中，祥太的指尖就已經冷透而失去知覺，讓他後悔沒有戴手套來。這樣根本沒辦法工作。

祥太進入超市入口後停下來，環顧店內，手插在口袋中不停地活動手指，想要盡快恢復平常的感覺。

阿治晚幾步走進來，默默地站在祥太旁邊。兩人在這裡不會交換視線——這是他們兩人在開始工作時的不成文規矩。

阿治拿起入口旁邊供人試吃的橘子，口中喃喃說了聲「嗯」，沒有看祥太就把一半遞給他。

祥太接過橘子，拿在手掌上感覺很冰冷。
祥太為了保護總算開始暖和的手，一口把橘子吃掉。橘子的酸味擴散在口中。畢竟是試吃品，沒有很甜。
兩人不約而同地對看一眼，然後並肩往店內更裡面走。
阿治立刻拿了葡萄，放入手提的藍色購物籃裡。這是看起來很高級的黃綠色葡萄。
阿治通常只吃紫紅色的小粒葡萄，說是「有種子的話吃起來很麻煩」。祥太知道其實是因為那是最便宜的，但他沒有說出口。
不過今天不需要在意價錢，因此阿治隨興地拿了兩盒放入籃裡。繼續往前走會到達魚、肉類等生鮮食品的賣場，左轉則是泡麵零食區。兩人此時照例輕輕互碰拳頭，然後兵分兩路。祥太緩緩左轉，停在早已鎖定目標的點心陳列架前，把背包放在腳邊。扣在背包上的飛機鑰匙圈在搖晃。
祥太眼前的鏡子裡映著一名店員。這是上個月剛來打工的青年。這個男人不用擔心，沒問題。祥太確認店員位置之後望向左邊，看到阿治剛好繞完店內回來。阿治豎起三根手指，示意各個店員分布在店內何處。祥太微微點頭，將雙手放在胸前輕輕合起，快速轉動食指，然後把左拳舉到嘴邊親吻。

祥太是左撇子，他在「工作」前一定會進行阿治教他的這個儀式。

他的視線盯著鏡中的店員，然後將自己祝福過的左手慎重地伸向巧克力。他無聲地抓住巧克力，沒有往下看，就把巧克力掉落在事先打開拉鍊的背包裡。細微的聲響被店內的音樂與喧囂聲淹沒，不僅店員沒聽到，眾多顧客當中也沒有任何人發覺。

祥太得到一個好的開始，背起背包前往別的地點。今天的主要目標是泡麵。祥太在他最愛的超辣豬肉泡菜麵陳列架前停下腳步，再度卸下背包放在腳邊。然而有一名店員站在夾著狹窄通道的貨架前方，遲遲不離開。這個資深的中年店員是相當難纏的對手。

阿治曾經對祥太說過，「你要是能自己一個人打倒那傢伙，也算獨當一面了」，因此祥太選定今天「工作」的重點就是與他對決，但這個男人不會輕易露出空隙。

祥太不想空著手沒拿菜籃繼續停留在店內。這樣太明顯了。正當他開始考慮要不要放棄這裡、前往別的陳列架時，阿治拿著裝滿商品的籃子走過來，站在店員和祥太之間形成屏障，開始在那裡挑選塔巴斯科辣椒醬。

祥太雖然為自己需要支援而懊惱，不過這一來就能安心工作了。他迅速將阿治喜歡的咖哩烏龍麵、自己喜歡的豬肉泡菜麵滑入背包中，走向出口。阿治確認祥太安全走出店門之後，把購物籃留在原地，雙手再度和來時同樣抓了試吃用橘子，走到店外。

只有購物籃留在店內，裝滿與他們生活無緣的壽喜燒用松阪牛肉、鮪魚中腹肉生魚片等高級食材。

世人稱為「順手牽羊」的這種犯罪，正是兩人的「工作」。

「工作」順利時，兩人會穿過路面電車站前的舊商店街回家，為的是要在「不二家」肉店買可樂餅。

「請給我五個可樂餅。」

祥太比阿治更早到達店鋪，向店員阿姨開口。

「四百五十圓。」

阿姨一如平常笑容可掬，把叉子伸向在蒙上霧氣的玻璃後方隱約可見的可樂餅。祥太把臉湊近玻璃，想要確認她選擇哪一個可樂餅。祥太穿的褲子似乎是別人穿過的舊衣，尺寸有些偏大，不過他看上去就是個伶俐的孩子，一雙黑眼珠居多的大眼睛盯著可樂餅，露出期待的光芒。大概沒有人會想像到，這個男孩剛剛才在做那種「工作」。

阿治完成工作，心情很好。他把自動販賣機買的熱杯裝清酒放在玻璃櫥櫃上，從上衣口袋掏出錢包。阿治穿著舊舊的紅色夾克和灰色工作褲，頭髮開始變得稀疏，以四十多歲的年齡來說顯得蒼老。

「多少錢？」

「四百五十圓。」

阿姨又說了一次。阿治把四百五十圓的零錢放在櫥櫃上。

「有種叫擊破器的……這種形狀的工具，有了它就可以一擊把玻璃敲碎。」

阿治在工作午休時間逛的店裡看到這項工作用具，似乎對它一見鍾情。

「要多少錢？」

祥太顯得很有興趣。

「大概兩千圓吧。」

「好貴。」

聽到價錢，祥太便愁容滿面。阿治探頭看他的臉，笑著說：

「用買的當然貴。」

看來他根本不打算買。
「久等了。」
阿姨瞇起原本就已經很細的眼睛，將可樂餅的袋子放在櫃檯上。
祥太拿起袋子，兩人再度開始並肩走路。裝滿戰利品的背包雖然很重，但腳步卻相當輕快。
「我是在三河島的大賣場看到的……可是那裡的警衛很嚴。」
阿治似乎在腦中草擬計畫。
「兩個人的話，一定沒問題。」
祥太這麼說，對阿治笑了笑。阿治回頭看他，兩人再度互碰拳頭。
出了商店街，路上的行人突然變得零零落落。時間還不到晚上六點，街燈稀疏的道路卻宛如半夜般寂靜。祥太心想，或許是因為很多人相信晨間天氣預報，早早就回家了。日落後天氣的確變得更冷，兩人吐出的氣息變成白色的霧狀。

褐色的紙袋染上可樂餅的油漬。祥太小心翼翼地捧著可樂餅的包裝，避免碰到油膩的部位。回到家煮開水倒入泡麵之後，把可樂餅放在蓋子上重新熱過，然後浸在湯裡一起吃——這就是祥太從阿治學來的正確吃法。

然而最近阿治卻連短短的十分鐘都無法忍耐。這天他也在走到團地之前，就開始吃他自己那份可樂餅。

「話說回來……可樂餅果然還是不二家的最好吃。」

阿治一副感觸很深的口吻。

「對呀。」

祥太也想快點吃到可樂餅，不禁吞下口水。

阿治指著紙袋說：「你也快吃吧。」

「要忍耐。」祥太抱緊包裹。

「真窮酸……」

阿治責難祥太，似乎是要合理化自己的缺乏耐性。

「啊……」

祥太突然停下腳步。

「怎麼了？」走在稍微前方的阿治回頭。

「我忘了洗髮精……」

祥太想起出門去工作之前，信代的妹妹亞紀曾經拜託他。

「下次再說吧。」

天氣這麼冷，實在讓人沒意願回去。兩人再度開始快步走路。腳步聲迴盪在冬季的夜空下。

就在此時，他們聽到玻璃瓶倒在水泥地上滾動的聲音。聲音是從團地一樓的外廊底下傳來的。阿治停下腳步，探視走廊。

從柵欄之間可以看到一個小女孩坐在那裡。她穿著有些骯髒的紅色運動衣褲，沒有穿襪子，赤腳穿著成人用的涼鞋。

這已經不知道是第幾次了。每次看到這個女孩，她總是用空洞的眼神望著門。

阿治回頭，朝著一臉狐疑的祥太說：

「她又在那裡。」

阿治接近柵欄，從縫隙窺探。

「妳怎麼了？」

「……」

女孩發覺到阿治，轉向他，但沒有回答。

「媽媽呢？」

女孩搖搖頭。

「進不去嗎？」

她似乎是因為某種理由被鎖在房門外。

祥太拉拉阿治的衣服說：

「快點回去吧……要冷掉了。」

「可是……」

阿治壓下祥太的不滿，再度轉向女孩，遞出手中吃到一半的可樂餅。

「要不要吃可樂餅？」

祥太居住的家是三面被高樓大廈包圍的獨棟平房。後巷有一間名叫「Hobby」的小酒吧，旁邊是一棟老舊的兩層樓公寓。原本這裡有兩棟平房，不過當時的房東只改建了面向街道的一棟。隱藏在那棟公寓後方、以平房形式保留下來的，就是祥太他們的家。雖然有許多不動產仲介商來訪過，但是在這裡住了五十年的屋主初枝卻始終不肯點頭。周圍的房屋在泡沫經濟時期全都改建為高樓大廈，只有這棟平房宛若凹陷的肚臍般留下來，沒有拆遷也沒有改建，逐漸被人淡忘。

「該不會是殺了老頭子埋在地板底下吧？」

每次聊到這個話題，阿治就會開這種玩笑。

祥太和阿治帶小女孩回到家時，家人正在準備晚餐。阿治的妻子信代站在廚房煮烏龍麵，祖母初枝收拾著散落在暖桌上的垃圾。說是收拾，也只是移到從早上就一直放在房間角落的棉被上。信代的異母妹妹亞紀沒有幫忙準備晚餐。她洗過澡之後獨自鑽入暖桌，在意著剪太短的瀏海。整鍋烏龍麵被端到亞紀面前的桌上。

全家人一起吃著沒有加蔥、雞蛋或油炸豆腐的清湯烏龍麵。對這家人來說，用餐基本上不是為了享受，只要能填飽肚子、驅走寒意就行了。眾人吸食烏龍麵的聲音在房間裡此起彼落，只有小女孩坐在房間角落的電視機前，默默吃著阿治給她的可樂餅。

或許是因為懶得洗餐具，信代坐在廚房餐桌前，直接拿做菜用的長筷吃烏龍麵。她看著女孩的背影，開口說：

「要撿的話，怎麼不撿稍微有點錢味的東西？」

「因為我鼻子不太好。」

阿治像是在辯解般這麼說，並轉向祥太尋求同意。祥太正從背包取出今天的戰利品，放入存放贓物的籃子裡。這個籃子也是從「新鮮組」不告而取的。

亞紀檢視籃內詢問：

「祥太，洗髮精呢？」

祥太老實回答：「我忘了。」

亞紀只是不滿地皺起眉頭，立刻又回去吃烏龍麵。算祥太幸運，她現在對於瀏海似乎比洗髮精更為不滿。

信代問小女孩：

「妳叫什麼名字？」

女孩口中喃喃說了幾個字，但是被外面駛過的電車聲音蓋過，聽不清楚。大家都湊向前去聽她的聲音。

「她說她叫由里。」

距離最近的祥太代替女孩告訴大家。在這家人當中，祥太的耳朵最好。他拿著掏空的背包回來，進入起居室的壁櫥中，檢視眼前的鬧鐘。距離泡麵完成還有三十秒。

「由里……」信代重複一次。

初枝把報紙攤開在腳邊剪指甲。

信代又問「幾歲」，由里便朝她舉出五根手指。

信代喃喃自語般地說：

「那就是托兒所了……」

初枝稍微停下剪指甲的手，沒有朝著特定對象說：

「以五歲來說，未免太瘦了。」

初枝幾乎全白的頭髮留得很長，在腦後綁成一束。她雖然年近八十，但腦筋還很清楚，身體也很硬朗。不過因為她總是拿下假牙，笑起來會露出泛黑的牙齦，簡直就像巫婆。

明明沒必要在全家人吃晚餐的旁邊剪指甲，然而初枝平時就常常做出這種旁若無人的舉動。或者應該說是基於壞心眼的個性，讓她喜歡故意做別人討厭的事情、享受周遭的反應吧。

「等她吃完那個，就得送她回去。」

信代叮嚀完阿治，又埋頭繼續吃鍋子裡的烏龍麵。

「今天外面好冷，明天——」

「不行。這裡不是照護設施。」

信代察覺到阿治想說「明天再說吧」，搶先打斷他的話。

阿治聽到信代這句話，嘴角泛起戲弄的笑容，用筷子指著面前的初枝說：

「這裡不是有位虎面人（註3）嗎？」

「不要拿筷子指人。」

初枝顯得不悅，從正面回瞪阿治。

她雙手拎著盛放剛剪的指甲的報紙站起來，故意往阿治的方向假裝失去平衡。

3　梶原一騎原作、辻直樹作畫的摔角漫畫，曾改編為卡通。主角從小是個孤兒，成為職業摔角選手「虎面人」之後，便開始支援孤兒院。

「髒死了！」阿治大聲喊，誇張地往反方向迴避。

初枝拿著攤開的報紙走向玄關，把指甲用力甩在鞋子雜亂放置的置鞋處，然後抖了抖報紙。

「奶奶，不是跟妳說過不要丟在那裡嗎？」

信代對她喊話，但已經來不及了。

「欸咻！」

初枝絲毫不以為意，從玄關回來把報紙丟在房間角落，然後在由里旁邊坐下。

「大哥真是沒出息，還要靠老人家的年金生活。」

阿治被點出自己收入極少的事實，也只能用只有自己聽得見的聲音咒罵：「囉嗦的老太婆。」

初枝稱呼阿治為「大哥」，稱呼信代為「大姊」，對祥太的稱呼則有「小弟」、「小鬼」或「小不點」。只有被稱呼「小不點」時，祥太才會回嘴說「我才不是小不點」。

祥太從當作自己房間的起居室壁櫥裡，看著大人的互動。

這裡原本是放棉被的空間，不過到了冬天，棉被幾乎不會收起來，一整天都鋪在暖桌周邊。這棟木造平房是在戰後立刻建的，屋齡超過七十年，原本就已經到處都有破損，再加上外面被大廈包圍，即使在白天也很少照到陽光，風也吹不進來。夏天像三溫暖般炎熱，冬天到了夜晚則寒冷徹骨。

光著腳走在榻榻米上，感覺比外面的道路還要冰冷。怕冷的亞紀甚至在睡覺時也要穿兩雙襪子。

壁櫥裡設置了架子，上面珍惜地陳列著彈珠汽水的彈珠、路上撿到的鐵絲、木片等等。這些東西在大人眼中只是垃圾，卻是祥太的寶貝。

牆上還掛著阿治以前做塗漆工作使用的安全帽，額頭部位裝有小燈。祥太晚上讀書時會用到這個燈。

全家人圍著餐桌時，只有祥太拿著碗盤獨自進入壁櫥裡吃。這已經成為習慣了。

今晚因為繞了路，還意外帶回小女孩，所以可樂餅已經完全變涼。他在偷來的杯裝泡麵中注入熱水，把可樂餅放在上面，代替微波爐來加熱。

「叮～」他自己發出聲音，然後火速拆下杯蓋，把可樂餅泡在湯裡。可樂餅的油在湯汁表面擴散。祥太以筷尖切開可樂餅，把從外皮露出來的馬鈴薯攪碎在湯裡，和著麵條一起吃。這是順利完成工作之後給自己的獎勵。

「明明長得很可愛。」

初枝湊近由里的臉孔，將垂在額頭上的瀏海撈起來。

由里的頭髮像染過般呈褐色。這樣的髮色似乎讓她看起來更缺乏表情。

初枝發現她的雙臂上有燙傷般的痕跡，傷痕看起來並不像舊傷。初枝問：

「這是怎麼回事？」

「我跌倒了……」

由里大概每次被詢問都固定如此回答，口吻比報上名字的時候更清晰。

初枝掀起由里的上衣。她的肚子上也有很多紅色與藍色瘀痕。亞紀皺起眉頭，祥太也一邊吃可樂餅一邊探頭檢視。初枝碰了一下瘀痕，由里便閃開。

「會痛嗎？」

由里搖搖頭。情況大致明朗了。

「傷痕累累。」聽到初枝喃喃自語，阿治轉向信代用眼神問：

（怎麼辦？）

由里的臉色很差。或者應該說，她完全沒有表情。這是一種防衛本能，藉由封閉感情，避免為自己的處境或遭受的對待，受到超出必要程度的傷害。信代第一眼看到這個女孩，就理解到這一點。

信代坐在已成為置物臺的廚房餐桌，從高處眺望家人在起居室吃烏龍麵的情景。她總是獨自在這裡用餐，並不是今天特別例外。然而看著這個女孩小小的背影……不，信代刻意迴避這個背影，卻發覺自己同時也在迴避自己的內心深處。

信代把視線從阿治身上移開，拿著鍋子走到水槽前。

「趁人家報警之前送回去吧。」

她說完之後，把喝完的啤酒空罐丟到垃圾桶裡。

最後是由信代和阿治兩人一起送由里回去。

信代如果不這樣提議，阿治一定會找各式各樣的理由，讓這個素不相識的小女孩在家裡住一晚。信代冷靜地判斷，這樣會為這家人帶來危險。

「讓她住一晚也沒關係吧？現在帶她回去，也不知道能不能進家門。」

阿治這麼說，不過信代知道他並不是體貼。不，就算退一百步稱之為體貼，其中也沒有一丁點的責任感。

這一點從以前到現在都沒有改變，正是這個男人的性格，想到什麼就做什麼——他的人生就是如此一再反覆。也就是說，他這個人的「今日」沒有昨日的反省作為基礎，也不存在對於明日的展望。他只要今天過得快樂就行了。說穿了，就是跟小孩子一樣。如果是真正的小孩子，或許這樣也沒關係，但是已經快五十的人，如果還只是過著反覆「今天」的日子，生活就會變得越來越困頓。這十年來他的生活滾下坡的情況，就如其典型案例般。而信代在這十年當中，也跟著他一起不斷滾下坡。

然而信代依舊待在他身邊。因為她可以預見，要是沒有她在，這個男人就會變得更糟糕。這是她特有的自負。如果要稱之為愛情，那麼或許也算是愛情的一個變種，不過這樣的愛情使她遠離一般定義的幸福也是事實。若是要再舉一個她留在阿治身邊的理由，那就是阿治和她過去碰上的男人相較，還算是不錯的。

「那種男人有哪一點好？」

有一次她和初枝並肩坐在簷廊時，初枝曾這樣問她。她記得自己當時不禁老實回答「他不會打人」，然後兩人彼此對視並笑出來。

「不會打人的男人，應該還有很多吧？」

初枝以憐憫的眼神看著信代這麼說，不過信代可以充分想像，初枝自己這輩子遇到的男人也好不到哪去。

初枝喝醉時，常常會遙望遠方說：「真希望當年能和更好的男人上床。」

「哦……都一把年紀了，還有這種願望嗎？」

信代如此奚落初枝，但是她本人最清楚，再過二十年，自己大概也會對亞紀嘀咕同樣的話。

「洗過澡之後身體好不容易變暖和了，還要出門，真是……」

信代和背著由里的阿治並肩走在夜路上，對他抱怨。

阿治每次在無法做出決定時，視線就會游移到信代身上。

這次他也一再以眼神詢問：（怎麼辦？）明明是他自作主張帶回來的，竟然還問「怎麼辦」——信代雖然這麼想，但是她一路看著這個男人，早就知道不論說什麼他都不會成長，也不對他抱任何期待。

他們走在黑暗的夜路上。對面有個穿黑色大衣的上班族，邊講手機邊走過來。

兩人不自覺地停止交談。

這名上班族或許正在和情人通話，猥瑣的笑聲裡似乎帶點性感的意味。

「他會不會以為這是我們的小孩？」

阿治回頭看那個男人的背影，以興奮的表情詢問信代，宛若惡作劇差點被發現的小孩。信代雖然在善惡價值觀上也和一般社會有些落差，但是阿治卻是完全不受規範。當別人引誘他，就會毫不猶豫地去偷竊或詐騙，甚至在做壞事時反而顯得最愉快也最精神奕奕。

「如果沒有以為就糟糕了。」

「話是這麼說沒錯……」

「怎樣？你想要小孩嗎？」

信代提出質問，阿治的視線便迴避她，落在水泥地上。

「也不是……有奶奶在，又有亞紀、祥太……已經很夠了。」

他這句話聽起來，像是在說有五個家人已經足夠，也像是在說對他這種男人，這樣的人生已經夠幸福了。

信代想要問他到底是哪一個意思，但還是決定不問。

她知道阿治一定會反問她「妳覺得呢」。

來到岔路時，信代問：

「直走嗎？」

「這裡要右轉。」

阿治似乎剛剛想起來，繞過轉角走在前方替信代帶路。

路燈朦朧照亮的團地建築出現在他們眼前。
阿治覺得背上的由里很沉重，便問信代：
「她在睡嗎？」
出了家門之後，由里立刻就在阿治的背上睡著了。
「真是一點都不客氣，吃了三個可樂餅。」
信代啜飲一口拿在手中的廉價酒。
祥太雖然死守成功自己的可樂餅，但剩下的全部被由里吃掉了。大家對此好歹沒有提出抱怨。
信代問：「要按電鈴嗎？」
「不用了，偷偷放在門口……」
「那樣的話，真的會死掉吧？」
「那……偷偷放在門口，然後按了電鈴就馬上逃走。」
「又不是聖誕老人！」
對於毫無計畫性的阿治，信代只能無奈地笑。她聽著冬季天空底下兩人的腳步聲，決定在送回由里之後重新洗一次澡。

這時從兩人前方傳來玻璃破碎的短促聲響。

「還不是因為妳沒有好好看著她！」

「她剛剛還在那裡玩。」

「該不會是妳帶男人回來了吧？」

兩人不禁停下腳步。

男女吵架的聲音，的確是從由里稍早坐在前方的門內傳來。

「我去看一下。」

阿治把背上的由里交給信代，躡手躡腳地走近那家的門口。

「那個小鬼也不知道是誰的孩子！」

屋內傳來男人毆打女人的聲音。

「住手，好痛！」

信代不禁抱起由里。隔著衣服也能感覺到她的身體很瘦小。即便如此，信代感受到的重量卻遠超出由里實際的體重。

「我也不是想生才生的！」

聽到女人這麼說，信代的雙腳彷彿生了根，無法離開原地。這句話她不知聽過多少次。信代的母親每次喝酒，就會拿幼小的信代出氣，說出這句話。

「現在送回去應該不會被發現。」

阿治完全沒有意識到，夫妻吵架的原因正是自己輕率的「綁架」行為。他回到信代面前，顯然覺得這是大好良機，準備從她手中接過由里。信代像是在抗拒般原地蹲下來。

她聽著遠處女人哭叫的聲音，內心吶喊：

「我才不會把這孩子還給妳！」

為了避免被阿治奪走，她把由里抱得更緊。但這不是基於對眼前這孩子的愛情，而是從過去湧起的憎恨給她的力量。

第二章　麵麩

「好冷！是不是尿床了？」

在阿治大聲嚷嚷的聲音中，祥太比平常更早醒來。

他把壁櫥的門打開一半，看到昨天應該已經被阿治和信代送回去的由里呆呆站在那裡。信代把由里帶回來之後，昨晚讓她直接穿著衣服睡在阿治和自己之間。由里就是在那裡尿床。

信代粗暴地將折起來的棉被推到房間角落。

「『對不起』呢？」

由里一接觸到信代的視線，似乎以為會挨揍，當場全身緊繃，閉上雙眼說：

「對不起……對不起……對不起……」

「可以了，好吵！」

看著由里瘦小的肩膀，封印在信代內心深處的房間的門發出搖晃聲。信代明知責備也沒用，語氣還是會變得不耐煩。這也是對一時感情用事、帶由里回來的自己產生的焦躁。她為自己竟然還會如此慌亂這件事本身感到慌亂。

「早知道還是應該昨天送回去的……」

阿治又說出不負責任的言論。

「也許吧。」

信代從壁櫥拿出祥太以前穿過的運動衣褲。

「那是我的。」

仍舊躺著的祥太表示不滿。

「這件你已經不穿了吧？」

信代不理會祥太的抗議，粗魯地抓住由里的胸口，把她拉向自己，替她脫下濕掉的衣服丟到房間角落。

「喂……妳知不知道我的皮帶在哪？」

阿治把工作褲穿到一半，從剛剛就在起居室內亂晃。

今天他難得接到工地工人的零工，可是打從一起床，就很明顯地在找不去的理由。因此不論阿治說什麼，信代都不理他。

「乾脆別去了吧……今天這麼冷……」

果然又來了。

「妳就傳簡訊說我感冒了……」

而且他還想叫信代去聯絡，真是沒出息。信代撿起掉在腳邊的黑色皮帶，頭也不回地丟向阿治。祥太的運動服對由里來說太大了，不過信代覺得總比光著身子好。

信代從眼角確認阿治終於繫好皮帶，便說：

「奶奶，他要出門了。」

「好好好……」

站在廚房煮開水的初枝回應之後，開始把茶倒入「魔法瓶」（註4）裡。祥太不懂這個瓶子有什麼「魔法」，不過初枝總是這樣稱呼它。

信代推著百般不情願的阿治前往玄關，送他出門。

「對了，把那個拿去丟。就在那裡。」

放置在玄關置鞋處的垃圾袋裡，裝的幾乎都是發泡酒（註5）的空罐。

「大哥，這個給你……」

阿治從初枝手中接過銀色的「魔法瓶」，正要穿上運動鞋，卻短促地喊了聲「好痛」，然後檢視鞋內。

這會兒又怎麼了？

皮帶之後是天氣，天氣之後又換成鞋子有問題。

玄關冰冷的木地板幾乎要把腳趾凍僵，讓信代難以承受。她想要趕快回到起居室，但是如果在這個關頭稍有疏忽，這個男人搞不好又會脫

4　日文稱保溫瓶為魔法瓶。

5　一般指麥芽比例較低、或含有指定副原料以外原料的「啤酒風味」酒類。在日本因為酒稅的關係，麥芽比例較低的發泡酒往往比啤酒便宜。

掉鞋子回到房間。

「是指甲。」

阿治露出無比嫌惡的表情，用大拇指和食指從鞋內夾起初枝的指甲，舉到兩人面前。

他的表情在主張「真是觸霉頭」，可是初枝卻只是輕描淡寫地以一句「原來是指甲啊」帶過。

阿治似乎總算放棄抵抗，把指甲扔在玄關，遵照信代吩咐拿起垃圾袋走出玄關。

剛過早上六點的二月天空是很深的藍色，還不能稱作早晨。

空氣也非常冰冷，吐出的氣息彷彿會馬上結冰。

阿治打開橫拉門，沿著只有單側是藍色鐵皮的狹窄小徑走了大約十公尺，來到還沒有行人的後巷。

附近的狗在吠。這隻狗只有對阿治一定會吠。阿治沒有看過對方，對方應該也不認識他，可是不知為何只有他會被吠。

阿治發出「嘖」的一聲。

電線桿下方設有藍色網子可以放垃圾，不過看公告標示，今天是收可燃垃圾的日子。阿治提著裝有空罐的垃圾袋，稍微猶豫了一下，接著喃喃地說「算了，管他的」，使勁把垃圾袋拋到藍色網子上，然後走向車站。清晨電車經過的聲音從比平常更近的地方傳來。

站前計程車招呼站旁邊的吸菸區前方，就是指定的集合地點。集合時間六點半剛過不久，一輛十人座的廂型車開來，載走聚集在那裡的一群具有濃厚國際色彩的男人。

最後上車的阿治只能坐在班長神保旁邊。這名男子大概才二十多歲，頭髮剃得很短，鼻子下留著鬍鬚，眉頭總是深鎖。阿治沒有看過他的笑容。此刻他也不時發出「嘖」的聲音，打電話向公司報告自己的屬下沒有在約定時間到達。

「是的……沒有，他只有傳簡訊說『不幹了』。反正他就算來了也派不上用場。下次見到他，我會揍他一頓。」

原本想傳簡訊請假的阿治面無表情，宛若能面具般，啜飲了一口倒入杯蓋的茶。

一行人到達建築工地，在朝會結束之後無精打采地做完收音機體操，阿治和大約二十名工人就一起搭上電梯。電梯內播放著音樂盒編曲的〈還有明天〉（註6）。電梯發出「喀噠喀噠」的聲音上升，雖然有鐵格子包圍，但卻不足以稱之為室內。對於有懼高症的阿治來說，幾乎等同於置身戶外。

〈還有明天〉大概是為了消除恐懼感和「喀噠喀噠」聲而播放的。

過了六樓左右，陽光射入電梯內，周圍的建築都消失在視野下方，讓阿治的腿更軟了。

6　明日があるさ，一九六三年坂本久的暢銷單曲，曾多次被翻唱或改編。

今天的工地是在十層樓大廈的最高層。阿治的主要任務是為了讓建築工人方便工作，進行清掃或搬運腳架等雜務。即使如此，他和祥太走在路上看到自己曾工作過的大樓，就會得意地說：

「那是爸爸和大家一起蓋的。」

「真的？好厲害。」

祥太的眼睛綻放光芒。

即使是說謊，面對小孩尊敬的眼神，阿治仍舊感到很開心。

分派給阿治的都是不需任何技術或經驗的工作，譬如拿掃帚掃地、把廢棄建材丟到垃圾桶等。像阿治這種不夠靈光的人，從早到晚都遭到怒罵，但只要忍耐過去，一天就可以實領八千圓。

此刻阿治又被班長神保踢屁股，罵他「只會礙事，滾遠一點」，不過他也毫無愧色地離開現場，開始在建設中的大廈內部閒晃。預定今年秋天完成的大廈總共有一百二十戶，似乎全都賣出去了。

即使沒有門，也能猜到哪裡是玄關。這裡是廚房，那邊應該是陽臺。這個洞一定是水槽或馬桶。阿治邊走邊想像著完成的情景，感覺很開心，忘了自己還在工作中。他越往樓下走，腦中就越鮮明地浮現家的景象。

六樓的房間裡有另一間宛若大型電話亭的房間。阿治喊了聲「我回來了」，走過去打開門探視裡面，發現是浴室。擺在那裡的全白長形浴缸仍包著塑膠布。

「祥太，洗澡囉。要一起洗嗎？」

阿治說完，穿著鞋子就進入浴缸坐下來。如果被神保看到，一定又會被痛罵一頓，不過他們此刻在十樓，應該不會到這裡來。阿治自從高中輟學之後，一再搬到不同城市居住，但因為住的都是舊公寓，因此從來沒有使用過全新的浴室。

他坐在浴缸當中，望著仍舊裸露的水泥天花板，想像著自己有一天是否也能和家人生活在這樣的大廈。

阿治和信代每個月會有一兩次到後巷的小酒吧「Hobby」喝酒。

這家小酒吧只有三個餐桌座位和六個吧檯座位，由年過七十的老闆娘獨自經營，忙碌的時候住在附近的女兒也會來幫忙炒麵、炒飯等等。上個禮拜他們也在祥太和初枝睡熟之後，離開靜悄悄的屋子，一起到這裡喝酒。

這天是信代提議要來。阿治心想，她一定是在職場遇到不愉快的事情。

「對了，不知道可不可以把那棟屋子拆掉，改建成大廈？」

信代每次提出這項計畫，臉上都露出邪惡的表情，而且顯得很開心。

「笨蛋，老太婆才不會同意。」

阿治向老闆娘點了燒酒加酸梅，然後這樣回應。

「如果跟她說，不同意我們就搬出去呢？」

「她搞不好會說『請便』吧。還是小心點。」

信代優先考量的是要爬到比現在更高的地方，而阿治優先考量的則是不要跌得比現在更低。

「改建成大廈，然後我們住在最高層靠租金收入生活。你說怎麼樣？」

「挺不錯的……」

店內牆上掛著製成板子的照片，拍攝的是以前從這家酒吧屋頂看到的隅田川煙火大會。照片經過日晒，煙火已經褪色到無法辨別原始色彩。現在從酒吧屋頂上，只能看到隔壁大樓的牆壁。

「蓋成這一帶最高的大樓……低頭看其他人都在我們腳底下……還可以在陽臺上看隅田川煙火。那裡是特等座位。」

阿治瞇起眼睛，在腦海中放起煙火。

信代說：「真棒的夢想。」

阿治也附和：「真棒的夢想。」

兩人也知道這種夢想不可能實現。

不過他們只是像這樣口頭說說，應該沒理由被人批評吧？這是兩杯燒酒加酸梅就能買到的便宜夢想。

這天兩人喝到營業時間結束，在老闆娘和她的女兒目送之下，搖搖晃晃地回到家。

阿治把手放在信代肩上，支撐自己的體重。

「喂，你自己好好走路。」

「笨蛋。妳是我的拐杖吧？」

「我不會幫你推輪椅的。」

「我知道。」

阿治把放在信代肩上的手繞到她的腰間，心想：這就是夫妻吧？他深深覺得，如果是的話，當夫妻還真不錯。

信代送阿治出門之後開始準備早餐，然後把由里尿濕的棉被拿到院子裡晒太陽。

到了八點半，她騎腳踏車出門，前往附近的洗衣工廠。

出了巷子到街上時，她總是會確認左右兩側。

她住在這裡的事不能告訴任何人。

沒關係，沒有人會在乎我們——信代這樣告訴自己，然後用力踩下腳踏車的踏板。

信代工作的「越路洗衣店」有三家分店，在這一帶算是老字號工廠。從店鋪收集來的待洗衣物集結到這裡，分類進行洗衣及熨燙。

「一直到上一代，就連除漬都在這裡進行，不過現在已經沒有會做的職人了。」

每次有客人來，老闆就會像辯解般如此解釋，並露出遺憾的笑容。

工廠人員包括從上上一代繼承這家工廠的老闆、擔任會計的妻子、員工含兼職人員總共三十人，其中四成是從菲律賓及泰國來的移工。信代在這裡已經工作五年，可以稱得上老鳥了。

衣物裝在大袋子從店鋪運來之後，依照顏色與材質進行分類。這也是信代等人的工作。由於常常會有零錢、收據、信用卡等夾在裡面，因此在這個過程中必須檢查衣服口袋。有一次因為西裝口袋裡插著鋼筆就直接放入洗衣機，白襯衫被墨水染成藍色，結果被迫賠償。遺留在口袋的物品必須加以保管，如果知道失主身分就要歸還，不過信代卻會偷偷把值錢的東西藏在自己的口袋裡。

她並非毫無罪惡感，不過她主張「錯的是忘記的人」。她不是偷走，只是撿到而已。

她今天也在西裝外套內袋發現鑲橘色寶石的領帶夾，確認老闆不在附近之後，收在工作服的口袋裡。

隔著一個人、和她同樣面對籃子進行分類的根岸眼尖地發現了，露出邪惡的笑容。

信代也回以笑容，似乎在說這種事算不了什麼。

燙衣服的工作相當於苦行。

工廠內處處冒著蒸汽，熱得像三溫暖一樣。即使在冬天，工作服的Polo衫背上仍不停地滴汗。除了熱氣以外，燙傷也同樣令人難受。信代雖然是老手了，但是只要工作時稍有差錯，肌膚就會碰到熨斗或熨斗架。每個月、每個星期都會累積燙傷，雙臂和指尖上深淺不一的痕跡從來沒有消失過。

午餐如果請工廠準備，可以花四百八十圓吃外送便當，但是信代通常以便利商店買來的泡麵、飯糰解決。時薪八百圓當中如果被扣掉四百八十圓，未免太傷荷包了，而且便當也不好吃。信代早早結束用餐，到工廠前方腳踏車停放處的吸菸區，和同輩的同事閒聊。這是她唯一的樂趣。

今天工廠前方的路上圍了熱鬧的人群。去年結婚辭職的前同事追田帶著嬰兒來向老闆打招呼。追田鈞到比自己年幼的大學畢業生，對信代等人來說形同背叛者，也是討人厭的「勝利組」。

「這麼可愛，要提防招來蒼蠅會很辛苦吧。爸爸現在應該就很擔心了……」

「他說絕對不讓女兒出門，也不要讓她嫁人。」

追田把老闆說的客套話當真，興高采烈地回應。

「我們家的小兒子今年國二……不過她會不會嫌棄洗衣店呢？」

「才不會唷～」

顯而易見的鬧劇讓信代等人感到索然無味。她們遠眺著圍繞嬰兒的友善笑臉，湊在一起討論：

「那小孩跟爸媽都不像。她整過形嗎？」

信代模仿嬰兒那張再怎麼拍馬屁都稱不上漂亮的臉。

「也不知道是誰的種。」

「她辭職之前不是還做過應召女郎……」

「她好像隱瞞了這段過去……在床上也裝作什麼都不懂的樣子。」

「笑死人……」

對他人的幸福酸言酸語、口無遮攔地說些有的沒的，內心感到清爽多了。信代與一群人壓抑著聲音竊笑。

「信代，今天早上多虧妳幫忙。」

和信代最要好的根岸遞給她自動販賣機買的罐裝咖啡。

「別客氣，彼此幫忙嘛！」

信代接過咖啡沒有喝，只是拿在手裡取暖。

她今天早上收到Line，知道根岸送小孩到托兒所耽誤了一些時間，於是就幫忙打卡。

「他是怎麼發燒的？」

「腮腺炎。托兒所最近在流行……」

根岸有四歲和兩歲的兩個兒子，先生正在求職中。兩人常常互相安慰，說彼此都為男人而辛苦了。

「妳是不是也被傳染了？這裡鼓鼓的。」

信代摸摸根岸的臉頰，嘲笑她的圓臉。

「幹什麼……才不是。」

「討厭，別傳染給我。」

大家故意逃離根岸，抬起原本坐著的圓椅到別的地方。

信代去上班之後，亞紀也化了妝，不知何時出門了。

祥太上午時間通常都在壁櫥裡讀舊課本。初枝和亞紀睡的佛間（註7）後方，有一間現在已經成為置物間的兒童房，牆上貼著穿水手服拿溜溜球的偶像海報、去旅遊買回來的旗子等等，全都已經褪色了。

這間房間的書桌後方的壁櫥裡，堆置著用白色尼龍繩綁成十字的小學課本及書法用具，姓名欄都用小孩子的筆跡寫著「柴田治」，祥太猜測大概是阿治小時候用過的。他從一年級教科書依序讀，現在正讀到四年級。

由里會一直住在這裡嗎？祥太很滿意現在的生活，因此對於突然增

7　日式住宅中放置佛壇的房間。

加一名家人感到些許不安，擔心這裡的生活會產生變化。

由里穿著祥太的運動衣褲，從早上就睡在暖桌旁，不吃不喝，只是一直睡。祥太想要確認她有沒有呼吸，但又怕吵醒她，便讓她繼續睡。

過了中午，初枝終於看不下去了，從鏡臺抽屜拿出曼秀雷敦，坐在趴著睡覺的由里身旁，輕輕搖她的背。由里緩緩抬起上半身。初枝不發一語，開始在由里的手臂和肚子上塗曼秀雷敦，嘴裡反覆念了好幾次「不痛了不痛了」，像是在念咒一般。祥太在壁櫥中也聞到曼秀雷敦刺鼻的氣味。

這時從庭院傳來男人喊著「打擾了！」的聲音。初枝指尖沾著曼秀雷敦，停下動作。

「我是民生委員（註8）米山。奶奶在家嗎？」

8　日本非常任地方公務員的一種，屬於不支薪的義工性質，工作內容為掌握地方居民生活狀況，提供生活與福利相關問題的諮詢與援助。

男人大概是站在門外，再次大聲說話。

初枝以眼神示意祥太（帶由里從廚房的門出去），嘴裡則回應「好好好」，站起身走向簷廊。祥太不得已，對由里說「跟我來」，然後走向廚房的門。

初枝確認兩個小孩的身影消失在廚房盡頭，才把起居室面向簷廊的玻璃門打開到剛好可以探出頭。

「奶奶，我是米山，擔任民生委員。」

窺探著屋內的中年男子看到初枝，便打開門進入庭院。

「我現在去開門，你繞到那邊吧。」

初枝引導米山到玄關。

玄關不知有多久沒打掃。米山看到積了厚厚灰塵的玄關狀態，不敢直接坐下，從黑色皮夾克口袋取出手帕鋪在木地板上，避免弄髒褲子。

「金子家的老太太最後還是搬離公寓了……她明明有三個孩子。」

米山朝著在廚房準備茶水的初枝這麼說。金子比初枝年長三歲，有段時期和初枝很要好，還會到彼此家中拜訪，不過自從腳受傷之後就突然變得痴呆，家人似乎也因此不讓她到外面走動。

「怪不得最近沒看到她。」

初枝的聲音從廚房傳來。

「初枝奶奶，妳也和兒子好好商量看看。我記得他在博多吧？」

初枝把一個茶杯放在木製托盤上端過來，喊了聲「欸咻」在玄關坐下，然後把茶杯放在米山面前。

米山拿起茶杯，看到杯緣上黏著大片髒東西，沒有喝就放回托盤上。初枝看到他的反應，惡毒地露出牙齦呵呵笑。

「反正一定是哪家不動產公司拜託你來的吧？」

「不不不，我只是覺得，老人家獨居總是很不方便。」

「你什麼時候變得這麼好心？」

「別這麼說……我已經不做土地掮客了。」

米山在泡沫經濟時期，曾經用他的伶牙俐嘴說服長久以來住在這一帶的老人家搬走，在大廈建設過程中扮演一定的角色。相較於因此得到幸福的人，因此變得不幸的人想必更多吧。

「我從這裡搬走，你可以得到多少好處？」

初枝又露出惡毒的笑容，然後拿起手中的橘子，用沒有牙齒的牙齦像是削下表面般吃著。

祥太和由里穿上大人用的涼鞋走出廚房的門，繞過屋子北側，走出後門來到大廈前方的停車場。由里跟在祥太後方，邊走邊聞被初枝塗上的曼秀雷敦氣味。

「那個奶奶以為曼秀雷敦什麼都可以治好……」

祥太或許也有相同的經驗，口吻顯得很無奈。

他們家附近蓋了很多新的高樓大廈，幾乎已經沒有從以前就住在這裡的人了。

也因此，即使祥太他們相依為命住在這棟房子裡，也沒有任何人注意到。

祥太漫無目的地走在河濱的道路上，由里跟在他後面。

祥太撿起掉在草叢中的腳踏車鈴，舉向由里說「妳看」。由里沒有表現出特別的反應。祥太把車鈴上的泥土搓下來，露出銀色的表面。雖然有些生鏽，不過用銼刀應該就可以磨亮。祥太把車鈴放入身上穿的連帽衫口袋裡。

這時從反方向走來兩個背著書包的男孩。他們手中拿著大件的手工作品，大概是在美勞課做的。

「沒辦法在家念書的傢伙才要去上學。」

祥太目送擦身而過的兩人背影，複述著阿治教他的話。他從來不會想要去上學。即使不去學校，他現在也已經在向阿治學習「工作」，自認是個獨當一面的大人了。他認為學校是還沒長大的傢伙去的地方。

即使如此，祥太還是介意由里看他的視線。為了讓她知道自己和那些「小孩子」不一樣，他決定前往「山戶屋」。

山戶屋是一家過時的零食店，孤伶伶地遺留在住宅區。當阿治偶爾接到工地零工的工作無法陪同，祥太就會到這家他自己也能「工作」的店。

「擺在店裡的東西還不屬於任何人。」

阿治津津有味地吃著偷來的泡麵時這麼說過。祥太也相信他的說法。

昭和時代的零食搭上復古熱潮，經過重新包裝，成了大人的人氣商品而受到矚目；不過這家店卻是真正原汁原味的昭和零食店。店內的木製陳列架上也擺著衛生紙、洗髮精、牙刷等日用品，另外還有內用區。此刻剛好有一名老人用店內提供的熱水瓶倒熱水後，小心翼翼地雙手捧著杯裝炒麵到桌上。對於懶得在家煮熱水的獨居者來說，這是很方便的服務。

祥太進入店內，對由里示意（看著吧）。他臉上的表情宛若比賽前的運動選手，在陳列架前等候時機來臨。入口設有防偷竊用的鏡子。

鏡子裡可以看到這家店的店主山戶爺爺。爺爺總是待在商店入口旁邊、地板高出一截的房間，邊喝茶邊玩詰將棋（註9），只有在客人買東西時才會走下來到店裡，平常幾乎頭也不抬，因此這家店是最適合祥太「工作」的地方。店內當然也沒有安裝防盜攝影機。

不過為了確實掌握機會，最好還是等爺爺離開那間房間。

時機意外地很快降臨。和店主年紀差不多的男人來到店裡，高聲喊：「喂！我要買菸。」

老爺爺發出分不清是「吼～」還是「好～」的聲音，緩緩站起身，走下房間到店裡。老爺爺經過祥太旁邊，身上和初枝一樣散發著衣櫥樟腦的氣味。他從昔日應該是店鋪正面的陳列架取出一包叫「若葉」的便宜香菸，放在櫃檯上。這一來祥太的身影就完全處於死角。這名男子大概是常客，兩人開始閒聊「天氣好冷」、「真是受不了」之類的話題。

9　使用將棋規則練習終盤的單人遊戲。下棋者必須讓攻方對守方連續下「王手」（類似象棋的「將軍」），最終取下守方的玉將。

祥太迅速進行慣例的祈禱儀式，然後把一包點心放入口袋內，經過由里面前，又拿起後方陳列架上的洗髮精，沒有停下腳步就直接走到店外。老爺爺還在跟客人聊明天的天氣。由里呆站在店內，似乎無法理解剛剛發生什麼事。

祥太來到外面，雙手各拿著點心和洗髮精，朝著由里抬起下巴，好像在問「怎麼樣」。

由里沒有反應，讓他感到有些失望，不過他還是以眼神示意（來吧），然後掉頭先走。

由里一邊在意著店主，一邊追著祥太跑到店外。

兩人前往河邊偌大的停車場。雖然說是停車場，不過這裡並不是依時間收費的場所，而是長距離卡車司機在夜晚假寐用的空地。靠人行道的水溝前方丟棄著不再使用的電視、腳踏車等大型垃圾。在這些垃圾旁邊，棄置著一輛已經沒有輪胎和車燈的汽車。

這輛車的車窗玻璃也幾乎已經全破了，不過祥太把這裡當作自己的基地。他用牛皮膠帶貼上瓦楞紙來代替毀損的車窗玻璃，避免風吹入車裡。

他在後座後方的車窗上貼了藍色玻璃紙，因此當陽光照射進來，車內就會像海底一般，處處反射藍色的光，非常美麗。

祥太背對著玻璃紙坐下，用水泥塊刷著剛剛撿到的腳踏車鈴，想要把它磨亮。由里在他身旁看著他的動作。

信代給她穿的祥太的運動服還是太大了，袖子也長了一截，因此由里從剛剛就一直在拉袖子。每當她拉起袖子的時候，祥太就會看到塗過曼秀雷敦的雙臂上有燙傷痕跡。

祥太停止研磨車鈴，問她：

「那是怎麼弄的？」

「跌倒了。」

由里重複和昨天相同的說詞。

「那是燙傷吧？」

「……」

由里默默地低著頭。

「誰弄的？妳媽媽？」

原本一直低垂著視線的由里聽到這句話，終於抬起頭，直視祥太反駁：

「媽媽很溫柔。她會買衣服給我。」

不論遭到如何冷酷的對待，她是否都不希望聽到別人批評自己的母親？或者她是不想承認自己沒有得到母愛？祥太不太明白。不過如果替傷害自己的人辯護，是沒辦法堅強活下去的。

讓眼前這個女孩了解到世間的嚴酷，難道不是自己的職責嗎？祥太心裡這麼想。

暮色漸深，肚子也開始餓了。祥太和由里下了車，踏上回家的路。

如果由里直接回到自己住的團地，祥太覺得也沒關係。信代一定不會因此而責怪他，搞不好還會覺得如釋重負。然而由里卻跟在祥太後方。

由里沒有明確表示意願，就已經回到家門前。經過酒吧「Hobby」的時候，祥太停下腳步回頭看由里。

「怎麼樣？要回家嗎？」

由里仍舊沉默不語。

祥太開始走在藍色鐵皮的路上。把刷得亮晶晶的車鈴貼在鐵皮上，就會發出「喀噠喀噠喀噠」的聲音，聽起來很舒適。祥太很喜歡這個聲音。他感覺到由里跟在他後面，不知為何感到安心。

晚餐的料理是壽喜燒，不過鍋子裡幾乎都是白菜和蒟蒻絲，肉也不是牛肉而是豬排骨。

祥太走出壁櫥，想要添第二碗。他探視鍋內，卻找不到肉塊，只能一直攪動筷子。

亞紀在籃子裡發現祥太偷來的洗髮精，拿起來後不滿地說：

「怎麼是Merit？」

「山戶屋只有賣Merit。」

「我不太喜歡Merit的味道。」

「別挑剔了。」

信代斬釘截鐵地壓下亞紀的抱怨。面對在家中扮演母親角色的信代，亞紀有時會感到不耐。

「話說回來，這怎麼看都是綁架吧？」

她轉移不耐的對象，以銳利的視線看著信代，用下巴指著在房間角落吃洋芋片的由里。

「才不是……我們又沒有監禁她，也沒有要求贖金。」

信代回答時刻意迴避去看由里。

「這不是重點吧？」

「他們沒有……報警搜尋嗎？」

初枝發出「啾啾」聲吸吮肉塊，然後放回盤子，蒟蒻絲和豆腐則似乎吞進去了。祥太覺得如果一直注視會反胃，因此盡量不去看初枝放回盤子上的肉塊。

「他們大概正在慶幸少了一個麻煩吧？」

自作自受，活該——信代明顯表露出對由里雙親的敵意。

「都是白菜。」

祥太終於放棄尋找，拿著裝滿白菜的盤子回到壁櫥。

「白菜對身體很好，而且肉味也滲進去了。」

難得下定決心買肉卻遭受抱怨，讓負責顧鍋子的信代忿忿不平。

初枝看著時鐘，喃喃地說：

「怎麼這麼晚……」

平常到這個時間，阿治應該已經回來了。

「反正一定是去這個……」

信代做出玩柏青哥的手勢。

「要不要留下肉？」

「不用了……吃掉吧。」

信代把包裝盤中剩下少許的肉也全都倒入鍋子，自己則把蒟蒻絲放入碗裡。

「麵麩已經好了。」

聽到信代說「麵麩」的聲音，由里抬起頭。

亞紀首先發現，用眼神向信代示意。信代回頭看由里。

「嗯？妳喜歡麵麩嗎？」

由里對信代的問話點頭。這是她來到這個家之後首度清楚表達意願。

初枝用筷子比著「過來」的動作，由里靠近餐桌。亞紀用筷子夾起一塊麵麩，放在初枝的碗裡。初枝在嘴巴周圍擠出大量皺紋把它吹涼，然後把浸染湯汁變成褐色的麵麩放入由里口中。全家人都注視著由里。

「好吃嗎？」

初枝代表眾人詢問。

由里在口中嚼動著麵麩，明確地點頭。

信代問：「妳吃過嗎？」

「嗯。」

「跟誰吃的？」

「跟奶奶。」

由里看著信代的臉回答。

這個女孩絕對不是打從出生就一直被母親虐待的孩子。知道這孩子也有幸福的回憶，大家都感到有些寬慰。

亞紀從鍋子裡拿出另一塊麵麩，放入碗裡。

「給她吃太多的話，晚上又會……」

信代擔心她會尿床。

「那就睡奶奶的棉被吧。」

初枝難得用甜蜜的聲音說話。

「不行，那裡是我要睡的。」

亞紀來到這個家之後，一直和初枝睡同一條棉被。就如祥太的壁櫥，對亞紀來說，奶奶的棉被和棉被的氣味是她在這個家的安身之處。不管由里再怎麼可憐，她也不願輕易讓出好不容易得到的那個場所。

初枝從電視旁邊的托盤上拿了鹽巴瓶，打開瓶蓋，倒了一些鹽巴在由里的手掌中。

「舔舔看。」

「那是什麼？鹽巴？」

信代詫異地看著初枝。

「對尿床很有效……以前大家都是這樣治好的。」

「騙人的吧！」

信代邊說邊看著亞紀。

由里舔了倒在手掌中的鹽巴，皺起臉孔。看到她的表情，三個女人都笑出來。好久沒有這樣的時光了。由里來到這裡之後還沒有展現過笑容，不過她消失的感情似乎慢慢地在恢復。

「啊，回來了。」

從剛剛就一直關注外面聲音的祥太站起來，走向簷廊。街上似乎響起汽車自動門關上的聲音。

亞紀看著信代說：「那是計程車吧？」

信代喃喃地說：「我要宰了他……」

阿治也許是拿到日工的薪水之後，喝了酒而得意忘形。

祥太打開玻璃門，從簷廊眺望街上，看到阿治扶著男人的肩膀走過來。狗在狂吠。祥太一開始以為阿治喝醉了，但似乎不是那麼一回事。

街燈有一瞬間照亮了白色的拐杖。

祥太回頭對房間裡喊：

「他好像受傷了，還拿拐杖。」

門發出很大的聲音打開，阿治倚靠著班長神保的肩膀進入屋內。初枝來到簷廊，立即理解到狀況，用眼神示意信代把由里藏到壁櫥裡。

在這樣的危機管理方面，信代與初枝的配合總是天衣無縫。

「怎麼了？」初枝詢問兩人。

「他在工作中從大樓……」

神保的聲音顯得異常謹慎，和粗獷的臉孔格格不入。阿治似乎跌倒了，工作服到處都髒兮兮的。

他的右腳纏了好幾圈的白色繃帶，還紮了夾板。

「唉～唉～唉～！」

初枝看到這副模樣，發出惋嘆的聲音。

阿治也同樣不想讓神保進入屋裡，從剛剛就反覆地說「送到這裡就好了」，可是神保或許以為他在客氣，或許是出自讓屬下受傷的罪惡感，脫下鞋子說「我扶你到屋裡吧」。

到這個地步如果還硬要趕他回去，反而會讓他起疑。信代等人改變了策略。

「往這裡走……到棉被上……再往裡面。」

初枝引導兩個男人到佛間。

信代藏起由里之後回來詢問：

「骨折了嗎？」

「有裂痕……馬上就腫成這樣。」阿治張開左手說明。

祥太拿著在簷廊接過來的拐杖，從遠處眺望他們。

「祥太真是的，弄得這麼亂。亞紀，替客人倒茶。」

亞紀打開佛間的燈之後，前往廚房去泡茶。

「所以說，我早上就有不好的預感，可是妳硬要我去。」

現在說這些一點用處都沒有，阿治卻叨叨絮絮地埋怨信代。信代知道他只是在耍任性，不過因為看他可憐，因此沒有反駁。原本狂吠的狗在阿治進了屋內之後，突然安靜下來。

信代俯視著被人扶到棉被躺下來的阿治，說：

「看這情況，大概有一個月沒辦法出去工作了。」

她擔心的與其說是阿治的身體狀況，不如說是失去收入。

「聽說會有職災保險……就算是臨時工也一樣……對不對？」

阿治以依賴的眼神看著神保。

「嗯……大概吧。」

神保避開阿治的視線，曖昧不明地點頭。

「真的？那不應該只有裂痕，乾脆骨折比較好吧？」

信代聽到職災保險這個詞，用突兀的開朗聲音這麼說。

「怎麼可以開這種玩笑！我差點死掉了。」

阿治誇大的說法害信代差點又要笑出來。反正他大概是沒看前方走路，從樓梯上摔下來吧。

亞紀把茶杯放在神保面前打招呼。

神保以視線追隨回到起居室的亞紀，然後說：

「真可愛。」

「哦……她是我老婆的妹妹。」

「異母妹妹。」初枝立刻補充說明。

「這是我媽。」

這時壁櫥中發出很大的聲音。是由里。信代走到發出聲音的壁櫥前方，背對著壁櫥擋在前方。

初枝為了蒙混過去，摸摸神保厚實的胸膛說：

「大哥，你的身材真好……有做什麼運動嗎？」

「我一直到高中都有打籃球。」

神保突然被素不相識的老太太觸摸身體，不禁僵住了。

「哦……是這個嗎？」

初枝會錯意，模仿排球殺球的動作。

大家因為太過刻意要裝成「家人」的樣子，都沒有發覺自己表現得異常亢奮。

神保對躺在棉被上的阿治說：

「原來你有家人啊。我還以為你是單身漢。」

「嗯，我常被這麼說……」

初枝朝祥太招手說：

「喂，小不點，過來一下。這是爸爸工作場所的大人物。」

「我才不是小不點。」

祥太拿著拐杖過來，坐在初枝旁邊。

阿治仍舊躺著，指著他說：

「他是長子祥太。」

「晚安。」祥太稍稍鞠躬。

「幾年級？」

「……四年級。」

對於神保的問話，祥太臨機應變說了謊。在這種時候，他會表現出難以想像是十歲小孩的機智。

「跟我家小鬼一樣。」

神保首度露出笑容。

由里因為關心外面的情況，稍稍打開壁櫥從縫隙偷看。信代察覺到了，用放在背後的手猛地關上壁櫥的門。

由里來到這個家生活，已經過了一個月。

信代比平常更仔細地留意電視和報紙，不過新聞似乎沒有報導兒童失蹤的事件。她告誡過初枝和祥太，盡量不要讓由里出門，但是如果把她完全關在家裡，就失去讓她在這裡生活的意義了。

被發現再說吧。到時候她打算義正辭嚴地宣稱是在保護由里。如果演變成那種情況，他們一定會受到輿論批判吧？

另一方面，忽視由里不管的那對雙親也不會全身而退。對信代來說，這也是為自己三十年前受到的對待進行報復。

阿治受傷之後，祥太就自己一個人去「工作」。「新鮮組」的難度較高，因此他選擇規模稍小、員工較少的「堺屋」超市。

今天他帶由里到店裡，觀摩自己工作。

出了店門，祥太背著變重的背包，有如逃亡般奔跑，由里也跟著他跑。

他們離開商店街，繞進小巷子，並肩坐在放置在那裡的水泥方塊上。祥太從背包一樣樣取出今天的戰利品，得意地拿給由里看。

「我以後會教妳。」

由里輕輕點頭。不知是否想太多，祥太覺得由里看他的眼神似乎帶有敬意，讓他感到很高興。

阿治雖然沒有特別交代，不過祥太相信自己在那個家擔負著教導由里「工作」的職責。

「這是妳喜歡的吧？」

他從背包取出剛偷來的麵麩給由里看。由里點點頭。這就是她說奶奶曾經給她吃過的麵麩。

祥太問她：「妳的奶奶很溫柔嗎？」

祥太對於來到這個家以前的家人完全沒有記憶。他不記得自己的父親或母親，更不用說祖母了。

也因此，他聽到由里提起「奶奶」，心裡感到有些羨慕。

他又接著問：「妳們住在一起嗎？」

由里點頭，然後回答：

「她現在上天堂了。」

想必在祖母死亡之後，由里的人生就變得黑暗。

但是她不能一直依賴著過去快樂的回憶。

身為人生的學長，祥太心裡這麼想。

「那就忘了她吧。」

這是十歲的他憑自己的人生哲學發出的善意勸告。

亞紀陪同初枝前往銀行。今天是兩個月一次年金入帳的日子。初枝在這一天領取的十一萬六千圓，對於支撐一家人的生活具有無比的重要性。

「然後，呃……鎌倉幕府成立於……一一九二。」

初枝站在ATM機臺前方，竟然把密碼說出口。

「不能說出來，會被人家聽到！」

「我才沒有說出來。」

「妳有。」

兩人一個吐槽一個裝傻，儼然是一對感情很好的祖孫。

從銀行回家的路上，兩人去參拜附近的水神。

初枝卯足全力，使勁拉響本堂的鈴鐺。

「奶奶，太大聲了。」

「大聲點沒關係。」

「為什麼？」
「就是要這樣才能叫醒。」
「叫醒什麼？」
「叫醒神明。」
「神明在睡覺嗎？」
「對呀。妳不曉得嗎？」
初枝依照正式程序二鞠躬、二拍手、一鞠躬，然後從本堂旁邊的抽籤盒裡隨意拿了一支籤，開始走下石梯。
「不用付錢嗎？」
亞紀顧慮著周遭，朝著初枝的背影詢問。
盒子上寫著一支一百圓。
「沒關係，反正沒人在看。」
初枝大言不慚地這麼說。亞紀也仿照初枝，拿了一支籤。
「一、二、三！」

兩人走在冬季陽光和煦的神社境內，同時打開籤。

「奶奶，妳抽到什麼？」

「……末吉。」

「我是小吉……哪一個比較好？」

亞紀俯視初枝的籤。

「等待之人，姍姍來遲。」

接著換初枝探視亞紀的籤。

「姻緣。勿急，時機未到。」

兩人面面相覷，想了一陣子。

「好像都沒有很好。」

初枝說完，粗暴地把籤搓成一團，塞入外套口袋。

「這樣根本不算『吉』嘛！」

亞紀也發出抱怨，然後勾起初枝的手臂，和她並肩行走。

她們走出神社，進入前往神社的參道上一家名叫「角屋」的老字號甜點店。初枝從以前就喜歡這家店的紅豆湯。她似乎偏好加鹽巴提味、不會太甜的口味。亞紀猶豫良久，最後點了餡蜜（註10）。

初枝面前放著紅豆湯，手中握著長方形小紙片。紙片上印了「選項表」，列出名字、房間號碼、服務內容和價格。這是亞紀打工的風化店印的。

「這個『童殺』是什麼？」

「『童貞殺手』的簡稱。」

「要做什麼？」

亞紀把一塊寒天放入嘴裡，開始說明工作內容：

「穿上露出一點點側乳的針織連身裙，然後這樣。」

亞紀從左右兩邊推高自己的胸部並搖晃給她看。

10　日式點心的一種，在碗中加入紅豌豆、骰子狀的寒天、紅豆餡、白玉丸子、水果……等等，淋上黑蜜或糖蜜來吃。

「側乳啊……原來現在流行這種……」

初枝沒有皺眉頭，反而興致盎然地看著亞紀。

「嗯。店裡和女孩子對分三千圓。」

「真不錯，這樣就能拿到錢。」

初枝用筷子夾起紅豆湯裡的麻糬，放在牙齦間大聲吸吮。別人看了或許會覺得很噁心，不過亞紀卻不在意。

「奶奶不是也有拿錢……」

初枝領的年金是亡夫的遺族年金。亞紀認為從「拿男人的錢」這個角度來看，沒有太大的差別。

「我拿的比較像是賠償金。」

「賠償金？年金是賠償金？」

亞紀向她確認。初枝思索片刻，然後重複亞紀的話說「對對對……年金」，接著她把正在吸吮的麻糬放在亞紀的餡蜜上說「給妳」。亞紀當然不會想吃這塊麻糬，不過也沒有特別表示嫌惡。

「說得也對……」

亞紀以同情的口吻這麼說。初枝的丈夫在結婚之後不久，就在外面有了別的女人，留下初枝和兒子離家出走。初枝設法憑一己之力養育兒子，但想必吃了很多苦頭，更不用說對於自己被拋棄一定懷有相當大的怨恨。

然而她在亞紀他們面前並不會說丈夫的壞話，甚至還以懷念的口吻談起以前家境不錯的時期，看得出她至今仍舊深愛著丈夫，而這點更加突顯她的悲哀。

「對了……」

亞紀正在想這些事，初枝突然開口問她：

「……妳為什麼要用『沙也加』的名字？」

「妳問我為什麼？」

亞紀感覺到自己的表情因為突來的問題而變得僵硬。「沙也加」是亞紀在風化店的假名。

「真是壞心眼。」

初枝從紅豆湯抬起頭來看亞紀。

「不知道是像誰呢?」

亞紀擺出隱藏內心的表情,對她笑了笑。

阿治腳上仍打著變髒泛黑的石膏,在起居室裡行走。由里配合他的步伐,將暖桌的插頭反覆拔了又插上去,看上去像是某種練習。

「對對對,就是這個時間點。」

阿治說完讚許地摸摸由里的頭,然後坐在暖桌上。

「由里,妳很有天份喔!」

聽到阿治這麼說,由里露出高興的笑容。兩人舉起手擊掌。

祥太被阿治奪走自己原本想教導「工作」的由里,刻意迴避去看他們。

練習結束後,阿治開始吃葡萄。這是阿治被抬回來的次週、神保和所長再度拜訪時帶來的慰問禮。距離神保來訪已經過了十天，即使是昂貴的葡萄也已經過期了。

阿治詢問在廚房洗碗盤的信代：

「妳今天這麼晚……還不用出門嗎？」

「聽說這叫工作分享（work sharing）。」

「什麼意思？」

「老闆付不出薪水，就宣布有十個人可以中午再開始上班。」

「就是讓大家一起慢慢變窮的意思嗎？」

「差不多。」

信代來到暖桌前，打算收拾阿治吃葡萄的盤子。她想要快點洗完碗盤。

「喂，我還沒吃完。」

阿治伸手想要搶回盤子，卻晚了一步。他依依不捨地將手中剩下的一粒葡萄放入嘴裡。

「不過沒想到，竟然領不到職災保險。」

「真的。虧大家對你那麼體貼，都白費了……」

阿治原本以為可以有好一陣子不用工作，但他的算盤卻輕易地粉碎了。這點對信代來說也一樣。

「那個人不要緊嗎？」

當時因為情勢所逼，不得不把神保迎進屋內，讓信代很擔心。

「他才不會管我們的事。」

「話說回來，他還真是個帥哥。他是正職員工嗎？」

「嗯。」

阿治眼中閃過一絲嫉妒的神情。

「真好，可以當正職員工……好羨慕。」

信代吃了從阿治搶來的葡萄，把葡萄皮吐在水槽中。

祥太從擺在廚房餐桌上的貴金屬中，拿了一件給信代看，問她：

「這是什麼？」

「領帶夾。送給你吧，反正是假貨。」

信代嘴角上揚，把領帶夾別在祥太的胸口。

這是她擅自從洗衣店帶回來的顧客遺失物。

祥太高興地別著領夾，進入壁櫥裡。

在一旁看著這段過程的由里也站起來，跟著祥太進入壁櫥。

祥太打開安全帽上的燈，照亮手中的領帶夾。卵型的寶石在光線照射下，閃爍著橘色的光芒。

好美。即使是假貨也很美。和祥太並肩坐下的由里也把臉湊過來，探頭看它的光芒。

祥太問由里：「妳想要嗎？」

「嗯。」由里老實地點頭。

「不給妳。」

祥太似乎一開始就打算這麼回答，冷冷地拒絕由里。這是報復她向自己以外的人學習「工作」。

「老太婆的年金應該有七萬左右吧?」

阿治邊問邊用指甲抓著從石膏露出來的右腳大拇指。

「七萬……不過還是很不錯……多虧她老公,可以領到死為止……」

只有夫妻兩人的時候,他們的對話立刻變得惡毒。這是常有的事。

「她還一副很跩的樣子,好像自己賺的一樣。明明是我們在照顧她。」

「對了。」信代把臉湊近,表情變得更邪惡。

「她是不是藏了私房錢在哪裡?」

阿治興沖沖地說:

「我也一直在想這件事。我覺得那間房間很可疑。」

阿治指著佛間後方的兒童房。

「下次趁老太婆不在的時候,偷偷找找看……」

「噓!」

信代察覺到庭院傳來聲音,豎起食指放在嘴前。他們聽到玄關的門打開，初枝回來了。
「妳回來了。」
信代用開朗的聲音打招呼。
「我回來了。」初枝也回應。
「奶奶，妳回來了。」
阿治宛若變了一個人，發出肉麻的諂媚聲音。
「水神那裡的池子還結著冰……」
「小心點。如果跌倒撞到腰，那就很嚴重了。」
他只有這時候才扮演關心母親的孝順兒子。
信代一邊準備出門上班，一邊問：
「亞紀呢？」
「她去這個。」
初枝模仿剛剛亞紀的動作，推高胸部搖晃。
「真無情……怎麼不好好攙扶老人家回來。」

阿治朝著走向佛間的初枝伸出手。他知道初枝剛剛去銀行領了年金。

「我還沒衰老到那種地步。」

初枝放在他手上的不是錢，而是日式點心的包裹。

「這是什麼？」

「蒸栗子。」

初枝留下不滿而賭氣的阿治，穿過起居室到佛間，把銀行的信封供奉在佛壇上，搖了鈴鐺之後雙手合十。

佛壇上至今仍忠誠地擺著拋棄初枝離家出走的丈夫照片。

「奶奶，由里拜託妳了。如果有什麼可以吃的東西，就隨便弄吧。」

信代從玄關對初枝說完就出門了。

「什麼叫隨便弄……」

初枝感到傷腦筋。

「就是嘛……」

阿治拿著蒸栗子羊羹來到佛間，供奉在佛壇上，然後露出諂媚的笑容戳戳初枝的側腹部。

「幹麼？」初枝明知故問。

「走吧。」阿治做出打柏青哥的手勢。他想要拿初枝的年金當資金。

「才不要。你技術太差了。」

初枝不理會他。她沒有善良到把錢拿給明知會輸光的傢伙。

亞紀和初枝分開之後，直接前往錦糸町。那家店位在從車站大約走五分鐘距離的住商兩用大廈四樓。這是讓女孩子穿上女高中生制服「表演」的ＪＫ（女高中生）觀賞店。

店門前方排列著圓椅，有兩名等不及十三點開店的客人並肩坐在一起。

亞紀無言地經過他們前方，推開門進入裡面，立刻看到櫃檯。櫃檯前放著自慰器，櫃檯後方的牆上則排列著在這裡工作的女孩照片，上面標示號碼。其中也有亞紀穿水手服的照片，號碼是六十六號。

「早安。」

她向氣色很差的店長和氣打招呼。

亞紀一進入店內，就會變身為沙也加。

「沙也加，請假的話要先聯絡喔。」

和氣說話時奇妙的表情既像是溫柔，又像是肚子在痛。雖然說是店長，但他並不是老闆，只是受雇的員工。他總是自嘲地笑說，如果營業額減少，下個月就要被裁員了。

亞紀進入店內時，她的同事剛好在換制服。

店裡的女孩年齡從十九歲到二十八歲，有現役女大學生也有主婦。二十三歲的亞紀在八名成員當中，算是第三老的。

「兼做酒家還是太累了。我已經三十個小時沒睡覺。」

坐在她面前的女大學生春美打了一個大呵欠。

春美今年應該已經大四了，但她似乎都沒去上學。她一開始是為了存留學資金而開始兼差，不知何時已經逐漸以此為正業。

先前在櫃檯的和氣進入房間。

「愛優，十四點半開始有人預約談話室。」

「YA～」

愛優穿著內衣比了勝利手勢。這家店因為是觀賞店，顧客隔著壓克力板，無法直接接觸。

穿著制服的女孩隔著雙面鏡，在看不見臉孔的顧客面前自慰給對方看。如果顧客希望的話，也可以預約談話室，在別間房間進行直接服務。店方並不干涉這裡的行為。列在服務項目的大腿枕頭、挖耳朵、擁抱等服務，依規定和店方平分收入，不過除此之外的「隱藏項目」，則依照不成文規定由當事人自行交涉。有些顧客一開始就是為了隱藏項目而來這家店。

想要賺錢的女孩當中，有人在這裡進行性服務，也有人經由店外約會，前往飯店或顧客的家，從事和妓女相同的行為。

「沙也加……有客訴說妳穿了兩件內褲。下次要脫掉安全褲。」

和氣這麼說，亞紀便吐了吐舌頭。

春美說：「沙也加，妳太小看這個工作了。」

「才不是，我只是怕冷。」

「還有，春美。」和氣很歉疚地對春美開口。

「我？」

「這間店禁止把手指放入內衣裡。請妳注意一下。如果被發現，就真的要倒店了。」

和氣依舊一臉肚子痛的表情。

春美知道被發現了，毫不在乎地笑著說「好的～」。

「春美，妳太努力了。」

亞紀吐槽，春美便回她「別囉嗦～」。

個性好強的春美似乎不想在指名人數上輸給愛優。亞紀無法理解這種對抗心態。

和愛優或春美相較，亞紀在這家店工作的動機並不強烈。她反倒中意不用直接與顧客接觸的自在。雖然有幾個常客是為了「沙也加」而來店，但她並不期待隔著壓克力板以外的關係。

「感謝您每次光顧。今天放假嗎？」

沙也加朝著看不到臉的顧客微笑。

「我蹺班了。」

顧客使用白板回答沙也加。

沙也加稱作「四號先生」的這位常客自稱是製造業的業務。

「我也蹺課了……」

沙也加名義上是東京都內私立女高的高中生。

「……」

「你想看前面還是後面？」

「前面。」

「……」

「我想看妳的臉。」

沙也加甚至不知道對方真實年齡和長相。

「那就開始了。」

沙也加按下計時器的開關，解開水手服的鈕釦露出胸罩，然後撩起裙子開始扭腰。

信代因為「工作分享」中午才上班，到現在已經在燙衣板前連續站了兩個小時。她身後的大型熨褲機不斷噴出蒸汽，因此只要在這裡待上十分鐘，Polo 衫的背部就會汗濕。信代沒有和任何人交談，默默地燙衣服。

老闆越路從店鋪回來，晃過信代身邊，向她示意「到樓上」。

有什麼事？

信代感到狐疑，目送越路的背影，剛好和隔壁燙衣板的根岸視線相交。信代開玩笑地用右手假裝砍自己的頭，然後笑了笑。

（那應該是我比妳先吧……）

根岸比出砍自己頭的動作。

（該不會是偷東西的事被發現了？）

（應該不會吧？那傢伙沒那麼靈光。）

兩人一邊燙衣服一邊比手畫腳進行對話。

辦公室在工廠二樓。大約八個榻榻米大的房間裡，靠牆排列著門變得凹凸不平無法闔上的灰色置物櫃。旁邊親密地並排擺放老闆和會計夫妻的辦公桌，中央則有一張木桌。到了休息時間，員工會在這裡吃便當喝茶。

信代沒有坐在那裡，只站在門口。

越路特地叫她過來，此刻卻背對著她，在自己的桌前吃遲來的午餐。

「侵占……？太誇張了吧？」

「難道不是嗎？妳欺騙了公司。」

「可是小根——根岸家裡有兩個小孩，她必須送他們到托兒所。」

越路質問的不是偷竊遺失物的事，而是代人刷卡。

「那又怎樣？」越路冷冷地反問。

「這……只遲到一分鐘就要扣一半時薪，未免太過分了吧？」

公司以單方面的理由提出「工作分享」的方法減薪，工廠又以擅自決定的規則不當砍掉時薪，讓信代無法接受。

「一點都不過分。我們有三十名員工，一個人遲到一分鐘，就會對其他人造成這麼多的困擾。一分鐘乘以三十是三十分鐘，所以要扣一半時薪。」

越路的理論在別家公司大概行不通，但是在這裡，他的決定具有絕對的力量。

信代雖然無法接受，但她知道繼續待在這裡也只會增加不愉快，因此鞠躬之後就要走出去。

「妳想的不是互相幫忙吧？」

越路在她背後投以尖酸刻薄的言語。信代原本已經打開門跨出半步，在這個瞬間停止動作，閉上眼睛仰望上空，然後緩緩回頭。

「……什麼？」

信代眼中帶著和平常不同的冷淡光芒。

「聽說妳會拿回扣。有人看到了。妳要求對方去買飲料當作回禮。」

越路用拿筷子的手比了打卡的動作。信代覺得「回扣」這個字眼玷汙了自己身為友人的善意。大概是某個同事去告密的。信代心想，要是知道是誰告密，一定要痛揍對方臉頰。

即使如此，信代還是忍耐了。如果在這裡發飆反駁，一定會被越路拿來當炒魷魚的藉口。

不，或許他就是懷著這個打算，才會故意挑釁自己。

信代用這樣的想法來壓抑激昂的情緒，走出房間。

她現在不能辭掉這家工廠的工作。她腦中忽然浮現依靠自己的家人面孔。

初枝拒絕阿治的邀約之後，獨自前往站前的柏青哥店。

初枝唯一的興趣就是柏青哥。她戴上從家裡帶來的耳塞阻隔周遭的聲音，選了平常慣用的「海物語」機臺，做好萬全準備開始挑戰，但轉眼間就輸了一萬圓。

她四處張望了好一陣子，看起來像是在思索要不要換到空著的座位，不過卻趁隔壁的顧客起身去上廁所的時候，將他擺放在座位後方、豎著「恭喜中獎」牌子的箱子挪了一箱到自己的機臺前方。她瞥見隔著一個座位的男人從頭到尾都看到了，便把食指貼在嘴前，皺起臉發出「噓～」的聲音，然後咧嘴而笑，露出沒有牙齒的牙齦。

她的眼睛完全沒有笑意。男人不禁把視線移開。

被初枝拒絕的阿治帶著祥太和由里來到釣具店。他並不是想要釣魚，只是因為這家店容易「工作」。

他們依照阿治的計畫進入店內之後，祥太和由里待在入口附近的水槽前，假裝在玩擬餌。

由里很喜歡章魚形狀的粉紅色擬餌。祥太在她身旁窺探周圍動靜，她卻忘記這只是假裝，非常投入地拉動釣魚線，研究怎樣才能讓它在水裡看起來像真正的章魚在游泳。

「我要去休息了。」

站在收銀機前服務顧客的店員對同事說完，走向後院。祥太正在等待這個時機，便朝著站在路亞（註11）前方的阿治使眼色。

阿治誇大地拖著受傷的右腳前往收銀臺。

11　Lure，即擬餌。

「不好意思，我想要釣鱸魚，栓型餌和沉水鉛筆有什麼差別？」

「沉水鉛筆嗎？請到這裡。」

祥太頭也不回地聽著背後的對話。

阿治在店員引導之下，經過祥太身旁消失在店後方。他把店內僅剩的一名店員誘導到最裡面的沉水鉛筆販售區。

這一來，收銀機周邊就沒有人了。祥太等到阿治拐杖的「叩叩」聲遠離到聽不見才站起來，拿起陳列在入口附近的釣竿。由里因為全神貫注在章魚，因此晚一步才站起來。

「喂！」祥太催促由里。

他對無法依照計畫行動的由里感到不耐煩。

由里到達入口，將防盜門的電線從插座拔出來，然後望著祥太。這就是剛剛她和阿治在家裡的暖桌練習的動作。祥太衝到店外，由里便把電線插回插座，自己也追著祥太跑出去。

三人在停車場會合之後，並肩走在河邊的道路上。然而只有祥太對今天的工作不滿意，走在稍高的車道上俯視兩人。

阿治說：「很順利吧？由里也很努力唷！」

由里欣喜地點頭，和阿治互碰拳頭。

「看，就像我說的，碰到那種時候的訣竅就是不能焦急，要等店員人數減少。」

阿治得意地評論按照自己的計畫順利完成的工作。

祥太按捺不住地說：

「兩個人也做得到。」

「這叫做……『工作分享』。」

阿治模仿信代的說法。

「那是什麼？」

「就是……大家一起分享工作。」

「可是這傢伙很礙事。」祥太指著由里。

由里忘記事前確認過好多次的時間點，害他們差點失敗。祥太為此感到氣憤。

「別這麼說，她是你妹妹。」

「她才不是我妹妹。」

「是妹妹。由里是你的妹妹。」

祥太丟下兩人跑走了。由里默默地凝視著祥太離去的背影，手中的章魚路亞搖晃著八隻腳。

「明明就是妹妹。」

阿治溫柔地對由里說話。當他開始前進，由里仍舊站在原地。

「怎麼了？走吧。」

即使阿治催促，由里還是不肯前進。

「不是妳的錯。那傢伙最近正在反抗期。」

由里很頑固地不肯走。

阿治花了十分鐘，才設法哄她繼續前進。

阿治暫時先把偷來的釣竿藏在壁櫥深處。雖然說是折扣品，不過得到四枝新釣竿，仍舊是很豐盛的收穫。

阿治像唱歌般地說：

「這一來，我這個月大概就不用工作了。」

信代抬頭看得意洋洋的阿治，問他：

「這樣可以換多少錢？」

「應該有四萬吧？」

「四萬！」

信代驚訝地停止吃茶泡飯。

「亞紀也貢獻一點吧？妳不是也有賺錢？」

信代把話題焦點轉向坐在鏡臺前梳頭髮的亞紀。亞紀沒有回頭，瞪著鏡中的信代。

由於在工廠發生的事，信代今天的心情很差。

「這孩子不用出錢……當初的約定就是這樣。」初枝替她緩頰。

初枝是以不用付房租、也不用出錢的條件，邀亞紀到這個家裡。

「就是因為奶奶像這樣寵她，她才會得寸進尺。」

亞紀停下手邊的動作，隔了一拍，終於無法按捺地回頭。

「是誰得寸進尺？大家都吃定了奶奶！」

「妳不應該用『吃定了』這種說法吧？」

信代迎戰亞紀銳利的視線。

「吃得下去就吃吧！」

初枝試圖緩和兩人之間的緊張，開玩笑地這麼說。

「絕對吃不下去。」

阿治也配合初枝，想要把爭執轉變為玩笑。

「沒關係。我等於是投了保險，避免死掉的時候沒人發現……」

初枝說話時也沒有停止手中的縫紉工作。她正在把信代的舊上衣修改成由里的衣服。

「這種不知道要稱作什麼保險……」

阿治一邊喃喃自語一邊走向洗臉臺。信代覺得大家把她說的話當作玩笑，心裡很不是滋味，但也只好收兵了。

亞紀似乎察覺到這一點，表情突然變得開朗，鑽入初枝的棉被。

「晚安。」

亞紀在棉被中，把自己冰冷的腳尖放入初枝的雙腳之間。

「啊～奶奶好溫暖。」

對亞紀來說，這個瞬間是最幸福的時刻。

「怎麼了？發生什麼討厭的事情了嗎？」

「妳為什麼這樣問？」

「妳的腳比平常還要冰冷。」

初枝常常把這種迷信般的言論掛在嘴邊，也不知是真是假。不過今天的評論似乎猜對了。

「奶奶什麼都知道。」

亞紀被猜中心事，反而覺得證明了兩人的親密程度而感到高興。

亞紀把頭放在初枝膝上。初枝盯著她的臉說：

「……真羨慕妳，鼻子這麼高……」

「是嗎？我不太喜歡我的鼻子。」

亞紀邊說邊摸摸自己的鼻子。

亞紀的臉孔五官輪廓分明，感覺很伶俐，走在街上看起來大概就像普通的大學生，也完全沒有在風化店工作的女孩常見的汙濁感覺。這點似乎反而給男人無機可乘的印象，使她在店內的人氣差強人意。

「由里，睡覺前再舔一下鹽巴。」

自從第一天尿床之後，由里仍舊三不五時會失禁。信代雖然覺得是迷信，不過還是依照初枝的說法，在睡前讓由里舔鹽巴。

「她在那裡……」

在廚房刷牙的阿治指著玄關。

「為什麼？」

信代拿著食鹽來到玄關，看到由里背對室內坐著。

「怎麼了？」

由里沒有回答。

「在這種地方會冷吧？」

信代在由里旁邊蹲下。

「他會不會回來？」

由里握緊手中的章魚路亞。

「妳在擔心祥太嗎？」

不久前還受到雙親虐待的五歲小女孩，竟然會關心其他人的情況。

信代為此感到驚訝。

到底要怎麼樣才能擁有如此的溫柔？

信代好像看到外星人般，注視著由里的側臉。

「不是妳害的。」

信代邊說邊揉了揉由里的頭髮，然後像逃亡般回到廚房。

她屏住呼吸來到水槽前，回頭望向玄關。阿治從浴室旁邊的洗臉臺叼著牙刷過來。

「對了，稱作臨終保險怎麼樣？」

信代聽到阿治無聊的點子，也沒有心思發怒或發笑。

「她受到父母親那樣的對待，卻還……」

信代望著由里在玄關的背影。阿治立刻理解信代想要說什麼。

「對呀，根本不是幫別人擔心的時候。」

阿治率直地佩服由里的溫柔。

「如果從小就一直聽到『不要生妳就好了』這種話，應該沒辦法變成那樣。」

兩人看著彼此。信代從小就一直聽母親這麼說，阿治則一直被雙親和朋友否定自己的存在。

「嗯，一般來說……」
「應該沒辦法對其他人溫柔才對。」
「是啊……沒錯。」
阿治的確也是這樣長大的。
「……要不然就沒辦法生存了……」
信代心想，如果由里是個性格扭曲的孩子，她就能夠對自己的性格和壞心眼感到安心了。
由里這樣的孩子存在，使她不得不承認自己的缺點是自己的責任。她原本想要把自己的不幸當成是母親害的。
就連這樣的推諉，難道都不被允許嗎？面對由里，信代無法不覺得自己的存在更加不幸。
信代心想，她不是為了陷入這樣的情緒才把由里帶回來的。

祥太又坐在河邊停車場的廢棄汽車座位上。當他想要獨處，就會到這裡。

貼了玻璃紙的窗戶透入月光，不時可以聽到經過河面的船隻「噗噗噗」的引擎聲。祥太產生置身於水底的錯覺。

他為什麼會對由里那麼生氣？此刻就連他自己也不清楚了。為了不再去想這件事，他已經連續兩小時左右，都在用水泥塊研磨撿來的鐵製齒輪。

他聽到有人敲車窗玻璃的咚咚聲，掀起掛在窗上的手帕探視外面，看到阿治站在那裡。阿治朝著玻璃吐氣，接著用上衣袖子擦玻璃，想要窺視裡面。

「找到你了。」

祥太沒有回應。阿治繞到車子另一側打開車門，坐入駕駛座。

「好冷～」

阿治雙手握著方向盤說。

「由里很擔心你，一直坐在玄關。」

祥太仍舊在磨齒輪。

「你討厭由里嗎？」

祥太搖頭表示否定。他不討厭由里。

「那……為什麼？」

祥太停下手邊的動作。遠處傳來救護車的警笛聲。

「只有兩個男人比較好玩。」

祥太把先前無法化作言語的心情坦率地告訴阿治。化為言語之後，祥太也總算能夠理解自己不高興的理由。

「那當然了。不過由里如果幫上一點忙，她也比較能安心待在那個家吧？」

阿治說得沒錯。祥太也是基於這個理由，才想要早點學會「工作」，幫上大家的忙。他點點頭。

「懂了吧？」

「懂了。」祥太故意裝出嘔氣的表情。
阿治繼續問：「由里是你的……？」
「妹妹。」祥太不得已回答。
「那我呢？」
阿治像是在玩猜謎般詢問。
「……」
「我是你的……？」
阿治做出「爸」的嘴型。他想要讓祥太稱呼他「爸爸」。祥太也知道這一點。
「……算了啦。」
祥太把臉轉開，望著窗外。
「搞什麼……至少叫一次吧？」
祥太至今不曾叫過阿治一次「爸爸」。
「以後吧。」

祥太這麼說，躲避阿治的施壓。

「知道了。以後吧。」

阿治不再堅持，把右拳伸到祥太面前。祥太無可奈何地和他互碰拳頭，兩人便下了車到外面。

阿治沒有拿拐杖來，拖著右腳緩緩地走在停車場。冬季的夜空下，只聽見兩人走在礫石上的腳步聲。

祥太問：「釣竿賣掉了嗎？」

「我收起來了。」

「那就算了。」

「你想試試看嗎？」

阿治模仿釣魚的動作。

「嗯。」

阿治盤算著，在賣掉偷來的釣竿之前，或許可以兩個人一起去釣魚。

祥太突然問：「對了……你知道『Swimmy』（註12）的故事嗎？」

阿治困窘地回答：「爸爸……英語不太行。」

「不是英語。我是在國語課本上看到的。」

「爸爸……國語更不行。」

「『Swimmy』是一群小魚一起打倒大鮪魚的故事……你知道為什麼要打倒鮪魚嗎？」

阿治思索一下，回答：

「那當然是因為鮪魚很好吃囉。」

阿治真心這麼想。

「我想不是吧。」

由於答案太蠢，祥太立即否定。

「好久沒吃鮪魚了……」

12　出身荷蘭的美國作家李歐・李歐尼的繪本。主角Swimmy是一群小紅魚中唯一的小黑魚。為了對抗大鮪魚，一群小魚游成大魚的形狀，由Swimmy當眼睛，趕走大魚。在日本曾收錄為二年級國語課文。

阿治把雙手像魚嘴般張開，假裝要攻擊祥太。

「嘎──哦──！」

祥太笑著在停車場四處逃竄。阿治雙手上下開闔追著他跑。

藍白色的路燈映照著兩人的身影，宛若在海底游泳的兩條魚。

海底既黑暗又冰冷，但兩條魚卻發出開心的聲音，不斷追逐，不斷逃跑。

第三章　泳衣

昨晚下的雨已經停了，信代在院子裡晒衣服。前一陣子每下一場雨就越來越有春天的氣息，接著櫻花綻放又凋落，沒想到轉眼間就是新綠季節了。已經好久沒有照顧的庭院裡，也長出許多不知名的黃綠色樹葉。

阿治以剛起床的姿態來到庭院，摘了蛇莓果實放入嘴裡，哼著〈還有明天〉的曲調。

「昨天的 Hobby 好吵，害我腦袋裡一直在播放〈還有明天〉。」

昨晚後巷的酒吧似乎在舉辦新進員工的迎新會，酒醉的男人反覆大聲唱同一首歌。

「因為現在是黃金週假期嘛……對一般公司來說。」

信代邊說邊把由里尿床的棉被晒在屋簷下。
「上班族還真悠閒。」
阿治拍了一下自己的脖子後方。
「可惡……」
「蚊子?已經出現了?」
阿治含糊不清地回應,然後追著飛走的蚊子,來到院子更裡面的舊晒衣場所在之處。
「咦?」
「怎麼了?」
「妳知道這裡以前有池塘嗎?」
阿治邊說邊指著圍牆旁邊以石頭圍成圓圈的凹洞。洞裡埋了泥土、破瓦片等,不過仔細看,石頭是用水泥固定的。
「聽說這裡以前有養鯉魚。爺爺養的。」
信代依照初枝的說法告訴他。

「這裡沒有大到可以養鯉魚吧……一定又是老太婆在吹牛。」

阿治用下巴指著在佛間睡覺的初枝。

初枝以前是全家最早起的，最近卻越來越常睡到快中午。今天她也還沒有爬出棉被。

「不過聽說這一帶以前都是爺爺的土地。」

信代環顧屋子周圍的高樓大廈。

「已經沒人記得了，隨便她說什麼……」

初枝提起過，她丈夫靠豆類期貨賺大錢時，家裡有專屬司機，在輕井澤還有別墅……但她的回憶內容和她現在的處境落差太大，令人很難相信。她並沒有老年痴呆，可是因為有許多前後矛盾的說法，因此阿治和信代也聽得半信半疑。

「話說回來，她的毛病還是治不好……」

信代把留下尿床痕跡的棉被掛在晒衣竿上，望向坐在簷廊的由里。由里顯得很歉疚，抬頭看著信代。

「不過……這真的是由里嗎？」

信代刻意湊近棉被聞了聞氣味，然後將狐疑的視線轉向阿治。

「喂喂喂，妳在懷疑什麼？」

信代把阿治轉向後方，檢查他的屁股有沒有濕，還聞了聞氣味。

「住手，笨蛋！」

兩人嬉鬧的聲音迴盪在庭院中。

這時在起居室看電視的祥太突然衝到簷廊。

「由里上電視了！」

兩人呆了瞬間，面面相覷，理解到狀況之後連忙從簷廊回到房間裡。

「你們看。」

祥太指著電視。螢幕上播放著由里在托兒所發表會之類的場合玩呼拉圈的影像。

「東京荒川區一名五歲女孩從今年二月就下落不明。她的姓名是北条樹里。因為她突然沒有去上托兒所，所長感到擔心而聯絡警方，才發現這起失蹤案件。針對這起案件，警方決定公開調查。樹里有可能平日就受到虐待，因此警方已經要求雙親到警察局說明狀況。」

播報員帶著緊張的口吻搭配刑警劇般的音樂，播報著這起「案件」。

「妳……原來不是由里（Yuri），是樹里（Juri）呀！」

初枝首先感到驚訝的是這一點。跟在兩人後方進入屋內的樹里輕輕點頭。

攝影棚中，男主持人和教育評論家正在討論雙親為什麼這兩個月都沒有報警處理。

雙親對於托兒所和周圍的人，似乎都宣稱由里是寄宿在親戚家。

「看樣子大家都以為是父母親殺的。」

信代心想，活該。

「糟糕……這下嚴重了。」

阿治總算發現自己臨時起意的舉動鬧大了，感到不知所措。

「大哥，你現在才發現嗎？」

初枝代表大家說出心裡的話。

阿治跑到一旁，抓住樹里的雙肩，把臉湊近她。

「……由里，妳有辦法從這裡自己回家嗎？」

信代來到阿治旁邊坐下，從正面注視樹里的臉，說：

「現在已經不可能回頭了。」

「怎麼樣？妳要回家嗎？」

阿治自己造成原因，卻想要讓本人做出決定。

信代推開阿治，摸著樹里的頭髮說：

「妳想留在這裡吧……由里？」

樹里輪流看著兩人的臉，有好一陣子不知道該說什麼，但是聽到信代問「妳想留在這裡吧」，她很明確地點頭。

「如果要讓她一直留在這裡，最好把名字也改了。」

坐在簷廊的初枝抬頭看著信代這麼說。

「的確。」

信代以不熟練的動作拿著剪刀，正在剪頭髮。

信代從廚房搬了淺藍色椅套的圓椅到簷廊，周圍鋪上攤開的報紙。她在垃圾袋中央穿洞，讓樹里從頭部套上。

「好像晴天娃娃。」祥太一說，大家都笑了。全家人都聚集在起居室看這幅情景。樹里受到大家注目，有些害羞地把赤腳勾在椅腳上，顯得扭扭捏捏的。

信代有生以來第一次像這樣幫人剪頭髮，更不用說她幾乎從來沒有摸過小孩子的頭髮。

決定替樹里剪頭髮之後，大家都自然而然覺得，應該由扮演母親角色的信代來剪，不過信代說真的完全不知道該怎麼做。

打從信代很小的時候，她的母親就在做特種行業，既不煮飯也幾乎不曾陪她玩耍。小時候她的頭髮應該是在附近理髮店剪的。到了國中，她會從母親偶爾留下的生活費中，設法撥出一些錢去美容院。信代第一個男友就是在美容院遇見的美髮師。當時她十六歲。

初枝興沖沖地提議：

「叫『花』怎麼樣？我原本希望如果生女兒的話，就要取這個名字……」

「她的長相不適合『花』這個名字吧……」

信代從來沒有想過要替小孩子命名，內心有些興奮。難得有這個機會，她想要取一個最適合這孩子的名字。

「『凜（Rin）』這個名字怎麼樣？」

信代記得小學同班同學中，有一個總是綁著白色髮帶、長得很有氣質的女生。那個女生的名字應該就是「凜」。信代因為母親從事特種行業，被同學的母親嫌棄，也沒有人邀請過她參加生日派對；只有凜不會歧視她，願意和她一起玩。凜是個很善良的女生。

「怎麼寫？鈴鐺的鈴（Rin）？」

「不是……是這個字。」

信代拿剪刀在空中比出漢字。

「凜是兩點水吧？不是三點水……」

初枝的視線追隨著剪刀的軌跡，自己也用手指在面前比畫。

「真抱歉！我高中沒念完就退學了……」

信代粗魯地替樹里脫下垃圾袋，讓她轉向後方。

「剪好了。」

「喔……變得好可愛。」

阿治低頭看著樹里的臉這麼說。

「這樣應該就不會被發現了吧？」

凜之所以剪頭髮不是因為季節變化，而是為了隱藏身分。雖然不知道單只是剪頭髮能夠改變多少外觀，不過把綁成兩條辮子的頭髮剪到高於肩膀的長度，給人的印象確實改變很大。

「要不要照鏡子？」

亞紀看著樹里的臉，對她招手。

樹里點頭，彷彿要和亞紀賽跑般，跑到佛間的三面鏡前方。

亞紀把樹里抱在膝前，比較自己的黑髮和樹里的褐髮。

「顏色好淺！真好，都不用花錢染頭髮了。」

樹里稍微笑了。

「姊姊其實也有另一個名字喔。」

「……叫什麼？」

樹里朝著鏡中的亞紀詢問。

「沙也加……」

樹里思索片刻，說：

「凜比較好。」

「就是嘛！」

亞紀說完開心地笑了。

結束了迎接凜成為家庭新成員的「儀式」之後，信代和其他人一起到外面買東西。

家裡突然變得安靜。

負責看家的阿治從冰箱取出牛奶，直接從紙盒對嘴喝，同時從廚房窗戶望著隔壁的大廈。

大廈的陽臺上，有一面小小的鯉魚旗（註13）隨風飄揚。一名年紀和祥太相仿的男孩穿著全新的藍色隊服，在停車場和父親練習足球。

「二十四、二十五、二十六……」

父親或許曾經是選手，在兒子面前表演精采的挑球。

「三十！」

13　日本原本在端午節有掛鯉魚旗的習俗，祈求男孩健康，現在則在陽曆五月五日兒童節豎起鯉魚旗。

父子齊聲喊。

「爸爸好厲害～」

「沒錯吧？」

「再來一次～」

父親又開始進行挑球。

阿治把喝完的牛奶盒放在餐桌上，拿起便利商店的袋子，朝袋裡吹氣。

「一、二、三、四……」

為了不輸給隔壁的父親，阿治靈巧地用吹漲的塑膠袋邊挑球邊走向起居室，最後躺在榻榻米上。

「祥太！」

他試著呼喚。

「爸爸好厲害～」

他模仿小孩子的聲音低聲回應。

「你是小孩子嗎？」

阿治驚訝地回頭看聲音傳來的方向。亞紀躺在佛間榻榻米上，笑吟吟地注視著他。看樣子她也沒有跟去買東西。

阿治開始將塑膠袋拋向天花板。

「對了……你跟信代都是什麼時候做那個？」

亞紀或許覺得難得只有兩人在家是好機會，便向阿治提出她平日的疑問。

「啊？做哪個？」

阿治似乎有些慌亂。

「你們會偷偷上賓館嗎？」

「那種事……我們已經不需要了。」

阿治為了展現成熟男人的沉著，表情反而變得不自然。

「真的？」

亞紀抬起上半身重新面對阿治。

「沒錯。」

阿治說完對亞紀笑了笑。

「我們不是靠這裡、而是靠這裡連結的。」

他輪流摸摸自己的胯下和胸口。

「好假。」亞紀不屑地說。

「那妳以為我們是靠什麼連結的？」

阿治的表情變得有些認真。

「一般人都是靠錢。」

亞紀用看透一切的表情斷言。

她在短短二十三年的人生當中，究竟都看到什麼樣的大人？

「我們不是一般人。」

阿治愉快地說完，又開始朝著天花板挑球。

亞紀注視著他這副模樣好一陣子，然後自己也轉為仰臥的姿勢，露出微笑。

初枝、信代、祥太和凜四人前往站前的百貨公司。他們穿過公園，走下通往車站的斜坡。大廈群後方可以清晰看到晴空塔。祥太和凜並肩走在一起，回頭看了看落後幾步的信代和初枝。

祥太問凜：「叔叔救了妳吧？」

凜點頭。

「妳也喜歡阿姨和奶奶吧？」

凜又點頭。

「那……妳可以忍耐這裡吧？」

「……可以。」

她這次明確地說出來。

「那從今天起，妳就是『凜』了。」

祥太說完，把信代送他的領帶夾遞給凜。這是附假寶石的那支領帶夾。

「嗯。」

凜把這項寶物舉向藍天。橘色的寶石很美麗。凜小心翼翼地把它收進裙子的口袋裡。

在那樣的報導出來之後，立刻帶凜到外面未免太大膽了，就連信代也感到猶豫。不過初枝說：

「這種時候反而應該擺出堂堂正正的態度，比較不會被懷疑。」

於是信代也下定決心。她心想，一定是因為天氣太好了。

他們並沒有殺人或傷害人，偷偷摸摸生活不符合她的本性。

走在前方的祥太和凜已經很像一對親兄妹了。

信代心想，小孩子真的很快就習慣了。

初枝抓著信代的手肘附近說：

「我本來以為她會說想要回去……」

「我們……是不是被選中了呢？」

兩人彼此笑了笑。

「通常是沒辦法選擇父母親的。」

「不過……像這樣自己選，應該更緊密吧？」

初枝問：「什麼東西更緊密？」

「妳還問……當然是親情囉。」

信代故意用半開玩笑的口吻回答。這個詞太過直接，讓她不好意思認真說出口。

「我也選了妳。」

初枝聽了信代的話，也改變了態度。

（她到底有多少程度是認真的？）

信代無法猜測初枝的真意，但即使是開玩笑，她還是感到高興。這回輪到信代用手肘戳了戳初枝說：

「別這樣。我會想哭……」

祥太和樹里走下斜坡，開始奔跑。

「小心跌倒，由里！」

聽到這句話，凜不禁回頭。

「不對，是『凜』。」

信代放聲大笑，初枝也張大沒有牙齒的嘴巴在笑。太開心了。

信代心想，希望這麼開心的時光可以永久持續下去。

（如果這個人是真正的母親就好了。）

信代在心中喃喃自語。

就如凜和信代的關係，初枝和信代也是彼此「選中」的母女。

大約八年前，信代在日暮里的酒家當酒家女。阿治起先是這家店的常客，不知何時就進入吧檯內，幫忙接受客人點菜之類的。不久之後，他們開始在逃離丈夫家暴、獨自居住的信代的公寓同居。當時阿治在柏青哥屋遇見了初枝。

他發覺到初枝企圖偷走隔壁顧客的小鋼珠，對她產生興趣，造訪初枝居住的這棟屋子，就這樣開始來往。

初枝當時是獨居。她憑一己之力養大的獨生子結婚之後，和母親同住了一陣子，但個性強硬的媳婦和初枝處不來，不到一年就決定分居。之後兒子就音訊全無。初枝只有輾轉聽說他因為工作的關係調到博多，就此和家人住在那裡。

「阿治」是兒子的本名，媳婦的名字則是「信代」。兩人窮途末路搬進初枝家時，就決定使用這個名字。

就如凜不是凜，信代也不是信代，阿治也不是阿治。包含亞紀在內，住在這個家的家人幾乎都有兩個名字。

信代一行人在逛購物中心的童裝賣場。

既然決定要取名為凜、成為家中的一員共同生活，信代就覺得不能再讓她繼續穿祥太的舊衣，而應該買適合凜穿的衣服。

「都已經換成夏天的衣服了。」

信代拿起掛在架上的夏裝喃喃自語。

賣場裡面已經陳列著泳裝。

「凜，妳去過海邊嗎？」

凜對信代的問話搖頭。

初枝問祥太：「小弟呢？」

「應該有吧。」

祥太雖然這樣回答，但他並沒有這樣的夏季回憶。

「『應該』啊？」初枝笑了。

「那就一起去吧。大家一起去海邊！」

信代伸手去拿小女孩用的泳衣，看看凜的臉。

「那我要去看游泳圈。」

祥太高興地跑過去。

信代在試衣間讓凜穿上藍色泳裝，泳裝胸口的白色緞帶很可愛。這時初枝從賣場捧來大量童裝，拆下衣架開始塞入包包裡。

「這件給小弟……這件給凜穿剛剛好吧？」

「沒辦法裝這麼多……」信代小聲地向初枝抱怨。

「那乾脆穿著回去吧？」

初枝這種缺乏罪惡感的個性，和阿治一模一樣。

信代放棄和初枝爭辯，改讓凜試穿黃色泳衣。

「還是黃色比較適合。」

「因為她的頭髮是褐色。」

初枝看著鏡中的凜，也表達同意。

「那就選這件吧？」

信代看著凜的臉。這時一直顯得很害羞的凜突然猛烈搖頭。

「咦……妳不想要嗎？」信代驚訝地問。

「嗯。」

「為什麼？」

「不會打我嗎？」

「啊？」

「等一下……不會打我嗎？」

原來如此。她不是在害羞。

這孩子每次在母親買衣服給她之後都會挨打。她的母親一定是為了事後要打她，才替她買衣服。所以當信代要買衣服的時候，她就會反射性地回憶起當時的痛楚而感到不安。

多麼可憐的孩子。信代很想哭。

她想要替想哭也哭不出來的這個女孩哭泣。

信代溫柔地摸摸凜的肩膀，她的肩膀微微顫抖。

「沒關係，我不會打妳。」

信代盡可能用溫柔的聲音告訴她。

「一角兩角三角形，四角五角六角半，七角八角手扠腰，九角十角打電話。」(註14)

兩人唱著信代教的數數歌，重複三次之後凜便出了浴缸。

凜似乎是高興過了頭，穿著買回來的黃色泳衣直接洗澡。她出了浴缸之後，玩著從釣具店偷來的擬餌。

信代從浴缸裡問她：「那是什麼？」

「釣魚的東西。」

凜讓信代看章魚形狀的路亞。

「……好像真的。」

信代接過章魚，丟入熱水裡讓它漂浮，然後又在凜的眼前搖晃。八

14　原文為日文諧音的數數歌，直譯為：「一、二、秋刀魚跟香菇（さんまとしいたけ），猩猩的兒子（ゴリラのむすこ），青菜（なっぱ），葉子（はっぱ），臭掉的豆腐（くさったとうふ）。」

隻腳左右細微地晃動。

「那個是怎麼弄的？」

凜指著信代左手上臂的燙傷傷痕。

「這個啊？被熨斗燙的……」

信代用右手摸摸自己的燙傷傷痕。這是她剛開始在洗衣店工作時造成的舊傷。

「我也是。」

凜讓信代看自己的左手臂。

凜的手臂上也有相同的燙傷傷痕。柳葉般的細長傷痕形狀和信代相同，大概是被她母親虐待的。

凜每次被問到「怎麼弄的」，都回答「跌倒了」這種顯而易見的謊言，此刻卻首次主動承認是燙傷。

「真的。跟我一樣。」

兩人將兩隻手臂並排在一起比較傷口。凜忽然伸出手指，碰觸信代的燙傷痕跡，溫柔地撫摸。

信代停止呼吸。她感覺到自己的心臟在熱水中劇烈跳動。這是她首次體驗到的感覺。

「……謝謝妳，已經不痛了……沒關係……」

信代雖然這麼說，凜卻搖搖頭，繼續撫摸信代的傷痕。

凜一定是在摸她自己的燙傷。她的傷還沒有癒合，仍舊在痛。

然而她卻摸信代的傷痕來代替。信代感覺到自己的身體在發熱，卻說不出「我們出去吧」。

「Swimmy　在黑暗的海底游泳　好害怕　好寂寞　好悲傷」

祥太以充氣的游泳圈當枕頭，一邊朗讀舊國語課本。這篇是〈Swimmy〉。阿治倚靠著折疊起來的棉被，一手拿著啤酒，閉上眼睛聽祥太朗讀。

「亞紀，幫凜弄一下頭髮。」
信代說完就前往佛間。
剛洗完澡的凜進入起居室，亞紀拿浴巾替她擦頭髮。
信代打開佛間衣櫥的抽屜，拿出藏在裡面的凜的紅色運動服，來到外面的庭院。
「在早晨冰冷的海水中　在中午燦爛的陽光中　大家一起游　把大魚趕走」
祥太讀完課本，阿治便拍手說「好棒好棒」。
「可是……你不覺得……大魚有點可憐嗎？」
「沒這回事。夥伴都被大魚吃掉了吧？」
「雖然是這樣……」
「好想吃鮪魚～把中腹肉稍微烤一下……」
「又在說這種話。」
祥太對阿治的反應感到掃興，把課本放在游泳圈旁邊。殘留著夕陽餘暉的天空中，可以看到晒衣竿上方有一顆星星在閃耀。

「凜，過來……到院子裡。」

信代招手呼喚凜。祥太察覺到又有某項儀式要進行，從游泳圈抬起上半身。

「要燒掉了喔？」

「嗯。」

對於信代的詢問，凜很肯定地點頭。

信代把著火的報紙丟入從玄關搬來的汽油罐，然後從上方把凜的運動服丟進去。

運動服胸口的白色緞帶瞬間被火舌吞噬而捲曲，變得焦黑。

信代把凜抱在雙膝之間，望著火焰。

「凜被打……不是因為做錯事……」

信代緩緩地對凜說話。

「說什麼因為愛妳才打妳，根本就是謊言。」

信代回想起三十年前自己的經驗，這個口吻有點像她的母親。

「真的愛妳的話，要這樣。」

信代緊緊抱住凜。她抱得很緊，兩人的臉頰都碰在一起。

她感覺到一行眼淚滑落自己的臉頰。這道眼淚被燃燒衣服的火焰照亮而溫熱。凜回頭看信代，用小小的手替她擦眼淚。

信代感覺到的不是這個小孩好可愛，或是好可憐。

當她抱緊這個孩子、並且像這樣被緊緊擁抱，她就會感覺到構成自己的每一顆細胞都在變化。

她今後絕對不會放棄這孩子。

信代對自己發誓。

第四章　魔術

在夏季白色的陽光中，祥太和凜走在看得到晴空塔的河畔。

凜來到這個家，已經過了半年。

春初時，凜失蹤的新聞曾經在八卦節目喧騰一陣子，但是在接二連三發生的事件與醜聞當中，這個話題也逐漸遠離民眾關心的焦點。

為了保險起見，他們避免經過凜原本居住的團地及警察局附近，不過當祥太和凜兩個人在一起玩時，路過的人只會當他們是感情很好的兄妹而投以微笑，並不會起疑。

就算有人記得那則新聞，觀眾多半相信小孩是遭到雙親殺害，好奇的眼光應該就如信代猜想的，都朝向住在團地的年輕夫婦。

祥太爬上河堤，聽到河川的反方向傳來少棒練習的聲音。

他的背心上黏了許多在行道樹和草叢找到的蟬殼。他從鐵絲網窺視操場，看到和他年齡相仿的男生分為白色與藍色球衣，正在進行比賽——或許是地區大賽的預賽吧？

隔著鐵絲網的綠色草地閃閃發光，上面飛著蜻蜓。

在孩童劃一的吆喝聲中，揚起的塵土氣味也飄到祥太這裡。

祥太用左手手背擦拭沿著臉頰滑下的汗水。

「哥哥。」

對棒球沒有興趣的凜似乎在雜木林裡發現了什麼。

「什麼事？怎麼了？」

祥太一副哥哥的口吻詢問，跑到凜的身邊。

「蟬殼在動。」

凜指的方向有一隻蟬的幼蟲。

這隻幼蟲大概是搞錯了從地底爬出來的時機。此刻已經過了中午，牠卻才剛開始緩緩爬上樹幹。周圍已經迅速湧來螞蟻大軍。

「加油！」

兩人齊聲鼓勵幼蟲。

「加油！加油！」

幼蟲順利爬上樹、從兩人眼前消失之後，凜仍然擔心地仰望著樹好一陣子。

「不要緊嗎？」

「不要緊。」

「牠已經變成蟬了嗎？」

「變了。」

他們反覆這樣的對話三十次左右，凜才終於離開現場。棒球比賽已經結束，看來好像是藍隊贏了。

祥太感到口很渴。他想要吃冰。他想吃蘇打口味的嘎哩嘎哩君剉冰棒，不過就算只有塑膠管裝的便宜冰棒也好。他身上沒有錢，因此決定去山戶屋。

店裡空蕩蕩的，除了兩人以外沒有其他顧客。山戶爺爺仍舊沉迷在詰將棋中，不過在沒有其他顧客的情況下，打開放冰淇淋的冰箱進行「工作」太危險了。

祥太考慮先來教導凜如何「工作」。店門口懸掛著色彩繽紛的彈力球。凜背對著店老闆站在那裡，正在仰望那些彈力球。

祥太走過來，站在老闆與凜之間遮蔽視線。就如在超市時阿治曾經支援祥太，這回輪到祥太替凜提供掩護。祥太頭也不回地用左手朝凜的背上送出暗號。

（就是現在。）

凜模仿之前看到的方式進行祈禱，不過原本應該把手背貼到嘴唇，她卻錯貼到額頭上。

她拿了最喜歡的黃色彈力球，雙手緊緊握住，到店外之後給祥太看，示意他（成功了）。祥太點頭表示（很好），正要走出店門，卻聽到老闆對他喊了聲：「喂。」

聽到這個聲音，祥太便無法動彈。

山戶爺爺緩緩地從房間走出來，下了階梯穿上涼鞋，從玻璃櫥櫃抓了兩支果凍棒，伸到祥太面前。

「這個給你。」

祥太默默地接受。

「不過……別讓你妹妹做那種事。」

他說完，模仿祥太每次偷東西前做的祈禱手勢。爺爺早就洞悉一切了。

祥太連呼吸都忘記，走到店外。

手中的果凍很冰。

他知道凜跟在自己後頭。他不知道該如何理解爺爺那句「別讓你妹妹做那種事」。

他只知道胸口一再湧起苦澀的滋味。這是他第一次產生這樣的感受。

信代和同事根岸兩人又被叫到洗衣工廠的二樓。

「你的意思是要炒魷魚嗎？」

信代直截了當地問越路。

「我們也很為難。如果一定要裁員，就得從時薪高的兩位選擇一位了……」

越路用掛在脖子上的毛巾擦汗，歉疚地說。

信代和根岸互相瞥了一眼對方的臉。

工廠招募了時薪便宜的新人，因此打算裁掉兩名老鳥中的一個。

更可惡的是，越路不想自己當壞人，便把決定權丟給她們。

「妳們兩位可以自己去討論一下嗎？」

如果拒絕的話，恐怕兩人都會被炒魷魚。阿治自從腳受傷之後就懶病復發，根本不打算認真找工作。信代心想，要照顧那樣的男人，自己此刻不能離開這家工廠。

兩人拖著沉重的步伐走出房間，沒有回到工作場所，而是走向工廠後門。後門面對網球場。在蟬鳴聲中，不時可以聽見球彈起的清脆聲音及男女的笑聲。

平日的白天就在打網球，真是悠閒。

信代想到和自己目前處境的落差，不禁怒從中來。為什麼自己總是抽中下下籤？自己犯了什麼錯？或者只是運氣不好？

她茫然地想著這些問題，被根岸搶先開口說「讓給我吧」。

「憑什麼是我離開？」

「……所以我才拜託妳。」

「大家彼此都很辛苦吧……又不是只有妳。」

根岸今年春天和丈夫分手，現在必須獨立撫養小孩。支付贍養費的約定只被遵守了兩個月。即便如此，信代要是此刻同情她，自己就會陷入困境。

「如果妳讓給我……我就不會說出去……」

根岸仍舊維持異於平常的強硬態度。
「妳不是也在偷嗎？」
信代以為她指的是偷顧客遺失物的事情，便如此反駁。
「不是這件事……是新聞。」
信代不知道她在說什麼。
「我看到了。妳跟……那個女孩子在一起。」
原來如此，這女人說的是凜的事情。一定是一起去超市或哪裡買東西的時候，被她看到了。她竟然利用這個把柄，想要將這次的事導向對自己有利的方向，太驚人了。
根岸明明年長三歲，平時卻把我當姊姊一樣看待，我也自認和她的交往距離比其他同事更親近，沒想到她竟恩將仇報——如果是以前的信代，或許會揍她臉頰一拳讓她聽話，但是現在卻不一樣。
信代反而對於立刻決定接受這個提案的自己感到驚訝。為什麼？對了，因為她有了想要守護的東西。她以為自己無法忍受為此犧牲其他東西，但卻剛好相反。為了和凜繼續生活，現在的信代大概願意做任何事。

「我知道了。」

信代說。

「不過妳要是說出去，我就宰了妳……」

信代是認真的。或許是感受到她的殺氣，或者單只是因為自己不用被炒魷魚而鬆了一口氣，根岸留下信代回到工廠。

擦身而過時，根岸小聲地說「對不起」。她也和信代一樣，為了想要守護某樣東西而恐嚇信代。對這樣的行為，信代無法感到輕蔑，反而能夠產生共鳴。畢竟兩人都是母親。

全家人出門之後，獨自留在家中的初枝確認了月曆上的日期，在鏡臺前坐下，仔細地梳理頭髮。

梳完頭髮後，她從抽屜取出舊口紅，沾了一點在小指指尖，塗在自己的嘴脣上。

化完妝站起來之前，初枝感覺到視線，望向佛壇。在那裡露出潔白牙齒微笑的，是穿著白色麻質夏季西裝的丈夫。

丈夫和自己不一樣，牙齒很漂亮——初枝回憶起這樣的往事。

她搭乘電車來到新宿，在那裡轉乘山手線到澀谷，接著再搭乘私鐵電車到橫濱，總共花了一小時半。

從車站西口搭乘市營公車十五分鐘、總算到達目的地的屋子時，她已經汗流浹背。她心想，早知道就帶陽傘來了。

這棟屋子是座落在幽靜住宅區的獨棟房屋。雖然是兩層樓，但並不算是豪宅。室內每一個角落都打掃得乾乾淨淨，沒有任何多餘的東西。這是一個感覺不到氣味的家。

初枝被引導到擺設小佛壇的和室。她用手帕擦著脖子上的汗水，從包包取出佛珠。

廚房裡的中年夫婦對初枝的來訪感到困窘，但還是設法隱藏內心的動搖，客氣地迎接她。太太一邊替初枝泡紅茶，一邊對先生說悄悄話：

「她是公公的前妻……跟你有什麼關係？」

「雖然沒關係……可是也沒辦法吧？」

個性一本正經的先生這樣回應，試圖平息太太的不滿。

「可是……來這麼多次……」

佛壇上和她家裡一樣，擺著她丈夫的照片。旁邊並排擺著高雅的老婦人照片。這就是從初枝身邊奪走丈夫的女人。這個女人過世至今已經兩年了。

初枝察覺到兩人產生反感，回頭對他們說：

「請別客氣……我只是因為今天是月忌日，才過來一下……」

她當然知道自己是不速之客。如果當面被這麼說，她也不會覺得受傷。她是假裝不知道故意造訪的。

初枝這種厚臉皮的態度，更讓這對夫妻感到不舒服。

她今天早上打電話通知「我會在下午拜訪」，因此這家的太太似乎還特地到附近的西點店買了蛋糕。在初枝家附近買不到的美味蛋糕，搭配邁森瓷器茶杯中的紅茶，端到深深坐在客廳沙發的初枝面前。初枝毫不客氣地吃蛋糕，並喝了第二杯紅茶。

「大家最近都還好嗎？自從父親喪禮以來，就沒有見面了……」

先生無法忍受沉默，率先開口。

初枝沒有回答，只是默默地像發呆般盯著這個男人的臉孔。

男人被直盯著瞧，感到很不自在。

「血統真的是沒辦法隱藏的……像這裡，簡直一模一樣。」

初枝摸摸自己的鼻子。她的丈夫鼻子很高，眼前的兒子也長著和丈夫相似的鼻子——不，其實也無從得知初枝是否真的這麼想。至少身為兒子的男人不這麼想。即使如此，光是讓他意識到和父親的血緣關係，就足以讓他感到內疚，想起自己身上流著讓一個女人不幸的男人的血。

兒子摸摸自己的鼻子苦笑。

穿著制服的女生拿著小提琴盒，從二樓走下階梯。夫妻露出得救的表情，把視線轉移到她身上。

女孩走下一半的階梯，看到初枝停頓了一下，然後很有禮貌地打招呼說「妳好」。她們似乎不是第一次見面。女孩下了階梯，說聲「我要出門了」，前往玄關。太太站起來替她送行。

「沙也加，妳會回來吃晚餐嗎？」

「晚餐是什麼？」

「我打算做高麗菜卷。」

「太棒了！我要吃。醬汁要用番茄醬，不要白醬。」

女兒的名字是沙也加。

「再見。」

先生笑咪咪地對她說。

「蛋糕要留我的份。」

「妳想要蒙布朗吧？」

從這段對話足以感受到親子之間的親密感情。

太太朝著女兒的背影笑著說「我知道啦」。跑出玄關的女兒腳步聲聽起來像是在跳躍。

初枝望著女兒離去後的玄關說：

「長得這麼大了……」

「是啊……已經高二了。」

初枝回頭看男人。

「大女兒最近好嗎？」

初枝說完，將視線從男人身上轉移到他背後的家人照片。那裡有一張拿著高中畢業證書的亞紀照片，和剛剛那個妹妹的照片並排放置。

亞紀在店裡使用的「沙也加」這個化名，其實是妹妹的名字。

「亞紀嗎？嗯……」

初枝沒有錯過亞紀父親的眼神游移了一下。

「她是在國外吧？」

初枝明知並非如此，但仍複述了這對雙親對她做過的虛假說明。

「是的。她好像……在澳洲過得很開心……對不對？」

先生向人在廚房的太太求救。

「她到了暑假也不回來，害爸爸有些寂寞。」

太太從廚房探出半個頭，馬上又回到瓦斯爐前。

「這樣啊……那真是太好了。」

初枝說「太好了」，不知道是針對留學很快樂這點，還是針對父親感到很寂寞這點。

初枝再次望著擺在窗邊、象徵這家人幸福的照片。

亞紀並沒有笑。

初枝多少可以理解她為什麼要在店裡用妹妹的名字。

這是復仇。

亞紀是以她的方式，對比自己晚出生、卻從自己奪走雙親愛情的妹妹進行報復。沙也加和雙親想必沒什麼特別的過錯，也沒有對亞紀做出過分的事情，因此如果知道這件事，他們大概也完全無法明白理由。亞紀扭曲的愛情和初枝一再來到這個家的感情有相通之處。

（就像那孩子說的，我和亞紀雖然沒有血緣關係，可是卻很像。）

初枝這麼想。就因為這麼想，她才會特別寵愛亞紀。

她待了一小時左右，總算開始準備回家。夫妻兩人送她到玄關。

「這是一點點心意……」

先生拿出事先準備的信封。

「是嗎？那麼我就不客氣了……」

初枝照例拿了那個信封。太太雖然臉上血色全無，不過對初枝來說是無關緊要的事情。

「關於母親的事……我真的感到很抱歉。」

先生彎下腰深深鞠躬。他們得到的小小幸福，是建立在犧牲眼前這位老婦的幸福之上，他也因而懷有罪惡感。初枝心想，他大概和父親不同，是個老實人吧。

「罪不在你。」

初枝握著男人的手這麼說。

她來這裡的理由，一開始是為了故意惹他們不愉快。

初枝是在舉行前夫喪禮的寺院遇到他們，之後就偶爾會來造訪，像這樣收下錢離去。

初枝認為這筆錢是賠償金。

在回程的公車站，初枝偶然遇到當時見過面的女兒亞紀，開口和她攀談。亞紀對這家人抱持著自己也無法理解的不滿。初枝邀亞紀一起住，沒想到亞紀很乾脆地接受這項提議，隔了一個月就成為荒川區那棟屋子的居民。

就如自己的家人被奪走，初枝是否也希望這家人也被奪走某個家人、嘗到同樣的不幸？或者她是在亞紀的五官中，看到自己曾愛過的男人影子？

是恨，還是愛？初枝自己也已經不明白了。

初枝走出玄關，立刻檢視信封內容。裡面有三張一萬圓鈔票。

「又是三萬……」

初枝不滿地說。她決定在回家前先去打柏青哥。

亞紀和春美在店內櫃檯後方的休息室，吃便利商店買來的炸雞。

今天的客人不多。她們的同事愛優經過，對兩人說「我要去聊天室了～」。

春美以笑臉目送她之後，突然改變表情說：

「那傢伙絕對有在做隱藏項目。」

「妳怎麼知道？」

亞紀沒有聽過類似的傳聞。

「要不然怎麼會有那麼多客人指名她？」

春美很肯定地斷言。她自認不論比容貌或身材，都是自己更為突出。

「妳不甘心嗎？」亞紀嘲笑她。

「當然了。沙也加，妳不會不甘心嗎？」

「一點都不會。」

亞紀伸手去拿春美手中的炸雞，吃了一口。

「沙也加，妳為什麼會在這裡工作？」

春美湊向亞紀的臉盯著她。亞紀聞到她身上廉價香水的氣味。

亞紀並不是因為想要錢才到這裡工作，也完全不打算像春美一樣，今後靠特種行業生活。

「妳問我為什麼？」

在這裡工作的女生幾乎都是迷上牛郎，或是在當樂團的追星族，為這些目的想要立即賺取資金。這家店不像一般風化店必須與客人接觸，因此工作時感覺也不需貶低自己。亞紀並不屬於前面那兩種類型，不過對於「為什麼」這個問題，卻沒有深入思考過答案。

「代替割腕嗎？」

聽到這個問題，亞紀沉默了。

「故意做給男朋友看？」

「才不是。」

亞紀否定了。不過否定之後，似乎反而讓春美深信這就是理由。

「那就應該把自己弄得更髒才行……」

春美說完，又吃了一塊炸雞。

我是因為想要故意做給別人看，才在這裡工作嗎？

亞紀開始思索。

為什麼要取妹妹「沙也加」的名字？

她試著詢問自己，但立刻停止深入思考。因為「四號先生」來了。

「四號先生」依照慣例進入四號房間，指名亞紀。

亞紀隔著雙面鏡表演五分鐘。兩人之間的關係僅止於此。

他不會對亞紀本人、而非沙也加產生興趣，亞紀也不曾邀四號先生到店外約會，試圖賺取更多報酬。

今天告知五分鐘過去的計時器又響起了。平常亞紀會以「您是否滿意了呢？歡迎再度光臨」的應酬話結束。

然而或許是剛剛春美說「要弄得更髒」這句話仍留在腦海裡，或者純粹是對這個只稱呼過「四號先生」的男人產生興趣，亞紀首度嘗試邀對方到聊天室。

男人思索一陣子，在白板寫了一句「妳會高興嗎？」拿給亞紀看。

「聊天室？當然高興囉。沙也加也想見見四號先生。」

這並不是真心話。雖然隔著鏡子，但她當然不會想要見到觀賞自己自慰行為的對象。

「OK。」白板上這樣寫。

亞紀的提議意外乾脆地被接受了。

「太棒了！要做什麼？擁抱？躺在旁邊？大腿枕頭？」

男人又在白板上寫了「大腿枕頭」。這一來五分鐘就有兩千圓了。

「大腿枕頭。收到了。」

亞紀重複一次，然後朝著鏡子擺出職業笑容。

亞紀移到包廂，設定大腿枕頭的計時器。

四號先生脫下帽子，但因為背對亞紀躺著，因此看不清他的臉孔。

他的年紀大約二十七或二十八歲，穿著薄薄的連帽外套和牛仔褲，以上班族來說打扮得未免太過隨便。他自稱是偶爾蹺掉業務工作來店裡，或許是在說謊。

就算是謊言也沒關係。亞紀也謊稱自己是現役女大學生。彼此都在說謊的兩人隔著鏡子，虛擬交流五分鐘甚至稱不上戀愛的愛情。即使是這樣的謊言，世上仍有許多男人願意花錢來追求。

男人沒有說話。

亞紀也沒有說話，一直撫摸著男人的頭髮。
「這裡……好舒服。」
亞紀逆向摸著四號先生脖子附近削得很短的頭髮。
「你今年夏天有什麼計畫嗎？」
首先打破沉默的是亞紀。
男人搖頭。
「不去海邊之類的嗎？」
男人指著亞紀。
「我？我也沒有計畫。」
亞紀說完突然想起來，喊了聲「啊」，停下撫摸頭髮的手。
「上次媽媽替妹妹買了泳衣，她很高興，在家裡也一直穿著，還穿泳衣洗澡……我想到自己以前也做過同樣的事。」
那是懷念的回憶。當時姊妹倆的感情還很好。妹妹的資質比我高出許多，成績也很優秀。小學時我開始學小提琴，妹妹也跟著到音樂教室。妹妹上小學之後也開始一起學琴，馬上就拉得比我還要好。最後是我放棄學琴。因為母親說，沒辦法負擔兩人份的學費。

男人一直默默地聽亞紀說話。

「在這裡可以直接說話喔。」

亞紀試著邀他說話。她為了看對方的臉探出上半身，映入眼簾的是男人拿著帽子的手。他的拳頭手指根部傷痕累累，滲著血。

「這裡怎麼了？」

男人比了揍人的動作。

「揍哪裡？」

男人指著自己。

發生什麼不愉快的事情？或者是無法原諒窩囊的自己？

「我也有揍過。」

亞紀用自己的雙手包覆男人傷痕累累的手。

「很痛吧……這樣很痛吧。」

男人的手微微顫抖。亞紀覺得自己摸的好像不是別人的手。

這時計時器的鈴聲宣布兩人親密時間的結束。

男人聽到聲音產生反應，如大夢初醒般，從亞紀的腿上起身。

亞紀白皙的大腿上留下淚痕。亞紀盯著淚痕，男人則歉疚地用外套袖子擦拭。

「不用了。」

亞紀抓住他的手臂，把身體靠在他身上。她把手臂繞到男人背後，緊緊將他抱向自己。男人沒有動彈，任憑她擁抱。隔著外套，亞紀似乎也能感覺到男人的心跳。

「啊……啊……」

男人想要說話。亞紀豎起耳朵。

「啊……啊……」

男人似乎無法好好說話。即使如此，亞紀仍舊覺得好像明白了他想說什麼。

「嗯……好溫暖。」

亞紀說完，再度緊緊擁抱男人。

她很久沒有像這樣感受到他人的溫暖。亞紀感覺到男人停止顫抖。

她雖然還不太清楚自己為什麼要用沙也加的名字工作，但是她確實明白，此時像這樣擁抱的不是沙也加，而是亞紀。

每年到了八月，荒川區的那棟屋子就會變得完全不通風，白天根本沒辦法待在家裡。阿治搬到這裡快十年，到現在還無法習慣的就是這個熱度。自從受傷以來，他就失去了工作意願，此時更加打不起精神做任何事。

距離奶奶的年金入帳還有兩個星期，距離信代的發薪日還有二十天。在那之前如果錢不夠了，只要拿藏在壁櫥裡的釣竿去賣，應該就能設法撐過去。祥太也可以自己一個人「工作」了吧。阿治朦朧地盤算著這些事情。

今天難得信代中午就結束工作回到家，喊著「好熱、好熱」脫掉衣服，在廚房煮素麵。

阿治仍舊躺在起居室，看著身上只穿內衣的信代。

他和信代初次見面的時候，她二十四歲，自己也還不到四十歲，仍舊抱持著夢想。現在他們雖然生活在一起，但如果兩人沒有相逢，各自又會度過什麼樣的人生呢？

素麵煮好了，信代從餐具櫃拿出玻璃盆放入麵條，投入冰塊之後端到起居室的餐桌。佐料只有蔥。

兩人面對面，默默不語地以不輸外面蟬鳴的音量吸食麵條。

阿治一直盤腿坐著，因此受傷的右腳失去知覺。他打開雙腿，豎起膝蓋按摩右腳踝。

「會痛嗎？」

信代用下巴指著阿治的腳問。

「嗯……看樣子會下一場雨。」

阿治抬頭眺望院子外面只能看到一小片的天空。

「你這腳還真方便……可以靠天氣預報來賺錢吧？」

信代取笑他，然後端著空盆前往廚房。阿治拿著筷子目送她的背影。信代站在廚房，黑色與紅色的花俏內衣在逆光中變得有些透明。院子裡的蟬同時停止鳴叫，似乎飛到別的地方了。

「夏天果然還是要吃素麵。」

信代小心翼翼地端著盆子走回來，避免潑出盆裡的水。

「對呀……」

阿治把視線從信代身上移開。她和二十多歲時比起來，臀部和腹部增添了不少肉，外出工作時也總是睡醒時那張素顏，最近阿治也不太意識到她的女人味，但今天她卻顯得格外性感。

院子中的陽光頃刻間被烏雲遮蔽。

「妳怎麼忽然化起妝了？」

阿治把筷子伸向第二盆素麵時問她。

「在百貨公司……被推銷的……」

「哦……」

信代從放在身旁的紙袋一一拿出化妝品。

「還有這個……這個跟……這個……」

「喂喂喂。」

阿治正要問花這麼多錢不要緊嗎，卻被信代制止。她笑著說「我被炒魷魚了」。

「被發現了嗎？」

阿治以為是她偷拿顧客遺失物的事情被發現了。

「嗯……差不多。」

信代沒有說出實情。

阿治為了讓信代打起精神，便說：

「要不要再一起經營酒家？在西日暮里附近找個地方？」

「雇用亞紀的話，也許行得通吧。」
「不不不，妳也還行吧……只要像這樣，跟以前一樣好好化妝。」
「你在安慰我嗎？」
「才不是。」
先前還出大太陽，此刻卻突然下起了雨。一下起雨，雨滴頃刻之間就變成線條，劇烈地上下搖晃院子裡種植的樹木葉子。泛白的簷廊木板被雨水打濕而變得漆黑。雨聲將塵土的氣味帶入房間內。
「看吧……」
阿治深深吸入這個氣息，然後再度摸摸右腳。
他有點想要稱讚自己比蟬更早預知下雨的腳。
信代口中含著素麵，凝視院子。
阿治偷看她的側臉。這張臉很美。
平常他完全沒有感覺，但在某個瞬間，信代的表情卻會讓他感覺到和性感不同的某種神聖氣質。此刻也是如此。

信代望著不斷下在庭院的雨說：

「我覺得好累……」

阿治指著信代的胸罩問：

「那個也是買的？」

「你發現了？」

信代像是突然清醒般，回復平常的表情，高興地秀胸罩的肩帶給他看。

「一九八〇圓……看不出來吧？」

阿治伸手去摸胸罩。

「嗯……感覺很紮實。」

阿治說完又用筷子攪拌放入素麵的碗。信代吞下口中的素麵，湊近阿治的臉親吻一下，然後又若無其事地開始吸食素麵。

阿治咕嚕一聲吞掉口中的素麵。信代低著頭、眼珠子朝上，注視阿治的臉，然後放下筷子，用手背擦嘴，直接伸展身子壓向阿治，把他推倒在榻榻米上。她的身體覆蓋在阿治身上，親吻他的脖子、額頭、耳根。

阿治一開始任她擺布，接著也伸出雙臂繞到信代背後。隔著內衣也足以感覺到她豐滿的身材。阿治想要換自己在上位，正要改變姿勢時，腳不小心踢到餐桌。餐桌上的素麵倒下來，撒到阿治背上。

「好冷！」

阿治跳起來。

信代發現簷廊的門是開的，便走過去關門。阿治用手撈起掉下來的素麵放回盆裡，同時看著信代。信代回來之後，牽著阿治的手前往佛間。

雨聲更加激烈，似乎隨時會打雷。

久違的性交轉眼間就結束了。

即使如此，阿治仍舊氣喘吁吁、汗流浹背。
上次像這樣和人肌膚相親，是什麼時候的事了？
他為了尋求些許涼風，光著身體坐在簷廊，抽著菸思索。
阿治原本就不擅長和女人交往。他並非毫無性經驗。高中時因為偷竊而被停學時，他曾經謊報年齡前往風化店。邀他的是與他一起偷竊卻沒有被抓到的同學，說是過意不去想要贖點罪。當年阿治十七歲。
他完全不覺得舒服。當時那名年長的女人看到他的那話兒時似乎笑了。自此之後，他就避開女人。他和信代還是酒家女和顧客的關係時，只發生過一次關係。當時他送酒醉的信代回公寓，然後一起在棉被裡睡到天亮。
隔天早上他醒來時，發現信代坐在自己身上。那次也很快就結束了。
信代因為前夫施暴的痛苦經驗，老是把「受夠了男人」當口頭禪；阿治也虛張聲勢地用「我已經不是那種年紀了」這種話，隱瞞自己經驗極少的事實。

即使在姑且成為夫妻共同生活之後，兩人也沒有肉體關係。

信代偶爾會表現出求歡的態度，但阿治都假裝沒發覺。

搬到這個家之後，初枝總是在屋子裡，再加上祥太、亞紀等家人逐漸增加，阿治不需要扮演男人或丈夫的角色，只需當個父親就行了，對他來說反而感到輕鬆。

這天兩人難得恢復男女關係，最驚訝的還是阿治本人，而他也很開心。

「你在裝什麼帥？」

信代橫躺在鋪在佛間的棉被上說。

阿治似乎不知不覺地就在哼歌。

「因為那個……」

阿治回頭。

「我做到了……」

信代在苦笑。

「做到了吧？」

「是啦……」

「咦……妳不滿意？」

「根本沒流多少汗。」信代道出不滿。

阿治稍稍垂下頭，但還是顯得很愉快。

信代搶走阿治的香菸，吸了一口。因為太久沒抽菸，因此她連連咳嗽。每咳一次，屁股的肉就在棉被上搖晃。

信代把菸還給阿治，然後說：

「那就再戰一回合吧？」

「妳以為我幾歲了？讓我再享受一下餘韻吧。」

「餘韻還比較長……」

阿治汗流不止，起身去拿浴巾。他邊擦汗邊回來，在信代背上發現類似痣的東西，把臉湊過去看。

「妳背上沾到蔥了。」

大概是剛剛打翻素麵時沾到的。

「嗯？哪裡？」

信代伸手到背後想要拍掉蔥，但卻搆不到。阿治把浴巾放在棉被旁邊，騎到信代背上，用舌尖舔掉那片蔥。

「討厭，好癢……」

信代抽搐了一下，扭動身體。阿治對她的反應又開始興奮，從背後擁抱她，連沒有蔥的部位也開始舔。

這時外面傳來祥太與凜的聲音。兩人暫停動作豎起耳朵，接著慌忙把身體分開。在此同時，祥太喊著「我回來了」，打開簷廊的玻璃門。

阿治迅速穿上家居褲，拿著剛剛的浴巾衝到簷廊。

「你們回來了。外面雨下得很大吧？」

阿治把浴巾套在濕漉漉站在外面的祥太和凜頭上，避免讓他們看見信代。

「我們也淋到雨，全身都濕透了。」

信代連忙用夏季薄被從頭裹住身體，假裝他們也被雨淋濕。
祥太輪番看著兩人，問：
「你們在做什麼？」
「我們淋雨了，對不對？」
阿治回頭看信代這麼說。
「雷聲好大。」
信代也附和他。
「我們找到那個……蟬……還沒脫殼……」
凜開始報告剛剛在操場旁邊找到蟬的幼蟲。阿治心不在焉地聽她說話，同時用浴巾猛擦兩人的頭髮。
「好了……洗澡洗澡。你們去洗澡吧。」
阿治推著兩人的背，把他們推到浴室。留下來的信代仍舊從頭上披著薄被，笑了出來。

沒錯。

她放棄工作，選擇了這樣的時間。

無聊又愚蠢的事件——等到祥太和凜長大了，她會把今天的事告訴他們，然後四個人一起哈哈大笑。

我沒有選錯。

信代心中這麼想。

到了夜晚，雨奇蹟般地停止了。

阿治洗完了澡，正在起居室表演魔術給祥太和凜看。這個「消失的圍巾」魔術使用的花招，就是把圍巾塞進手指形狀的套子裡藏起來。不過即使如此，阿治的手指仍舊靈巧到足以騙過小孩子。

他幫自己哼理查・克萊德曼的配樂，把紅色圍巾揉起來，塞到攤開的手帕中央。

「來來來……這條圍巾會從我的手上消失。那邊的帥哥美女，請你們看仔細了。」

聽阿治這麼說，兩人都把臉湊近，額頭幾乎貼到手帕上。在廚房，初枝和信代難得並肩做菜。雖然說是做菜，不過初枝只是在切自己喝啤酒當配菜的冷盤番茄，信代則只是在煮玉米，都稱不上是什麼料理。

「我回來了。」玄關傳來亞紀難得充滿活力的聲音。

「妳回來了。沒有淋到雨嗎？」信代回頭問。

「嗯，不要緊。」

初枝拿著裝番茄的盤子走向簷廊，和亞紀在走廊上擦身而過。

看到亞紀紅通通的臉頰，初枝咧嘴而笑，碰了一下她裸露的肩膀問：

「怎麼了？發生什麼好事了？」

「嗯。」亞紀坦率地點頭。

「哦～」初枝發出驚訝的聲音。

「我下次再告訴奶奶。」

亞紀摸摸初枝手肘附近這麼說。

「是這個嗎？」

阿治從起居室豎起大拇指問。

「差不多。」

亞紀打開冰箱拿出麥茶，倒入杯子一口氣喝完。

「什麼樣的男人？」

信代邊用筷子戳鍋子裡的玉米邊問。

「店裡的客人。」

「長得帥嗎？」

「嗯……」

「哦……感覺怎樣？」

「沉默寡言。」

「嗯，男人還是沉默寡言一點比較好。愛說話的不行。」

信代用筷子指著阿治。

「怎樣？妳叫我？」

阿治再度插入兩人的對話。

「沒人叫你。」

信代說完，亞紀也跟著說「沒人叫你」並笑出來。

「做好了。」亞紀聽到信代這麼說，代替她拿起煮玉米的鍋子，把熱水倒進水槽。廚房瀰漫著白色的水蒸氣。

「哪天可以帶來這裡嗎？」

「這裡？帶他來？」

「嗯……不行嗎？」

「這個嘛……這裡……」

信代似乎想說什麼，但沒有說出來。

「因為……如果長太帥，我就要吃掉了。」

「真的？那還是算了吧。」

兩人愉快地笑了。

「一、二、三。」

阿治配合小孩子數的拍子朝著手帕吹氣，在此同時瞞過兩人的眼睛，把指套藏到屁股底下。

兩人湊過來檢視手帕。

「看，消失了吧？」

「好厲害。」凜似乎很驚訝。

「很厲害吧！找找看，跑到哪裡去了？」

這時信代拿著煮熟的玉米過來，抓起阿治藏起來的指套。

「鏘～！」

信代從指套中抽出原本已經消失的紅色圍巾給兩人看。

「笨蛋，住手！」

阿治真的生氣了。

亞紀坐在廚房椅子上望著嬉鬧的兩人，決定改天還是要把「四號先生」帶到這裡。

「什麼？就這樣？」

謎底揭穿之後，祥太大失所望。

「這種我也會。」

聽祥太這麼說，阿治不服輸地回應：

「我知道了，那我就來表演更厲害的魔術。」

說完他指著兒童房說：

「凜，去拿撲克牌！」

「嗯。」

凜跳起來前往兒童房。祥太看著她的背影，想起白天發生的事。

「今天……有人跟我說，不要讓妹妹做那種事。」

「嗯？什麼事？」

阿治的心思放在撲克牌上，沒有仔細聽。

「這個……」

祥太做了祈禱儀式，親吻左手。

「被誰說的？」

「山戶屋的爺爺。」

「喂，找到了嗎？在紅色那個的最下面。」

阿治再度對凜說話。

「正在找。」

凜似乎找不到撲克牌。

「這個對凜來說，當然還太早了吧？」

阿治比了一下偷東西的動作，然後站起來前往兒童房。

祥太獨自被留下來，無可奈何地嚥下內心萌生的「罪惡感」。

榻榻米上滾落著一支手指形狀的指套。祥太撿起這個指套，夾起露出一截的紅圍巾，把它抽出來。

初枝把蚊香放在自己身旁，在簷廊喝啤酒配冷盤番茄。

「臭老太婆，妳會感冒喔！」

阿治口中這麼說，自己也拿著啤酒過來，在初枝旁邊坐下。

「那是……煙火嗎？」

這麼說來，從剛剛就聽到遠方響起沉重的聲音。在房間裡聽不清楚，不過來到簷廊，就可以聽到從大廈後方傳來清晰的煙火聲。

「是隅田川那邊……以前每年都會去看……有一次碰到大雨之後，就再也沒去了。」

兩人並肩仰望沒有煙火的天空。

「看得到煙火嗎？」

信代問他們。她正在用凜拿來的撲克牌和祥太他們玩對對碰。

阿治轉頭朝著起居室回應：

「只有聲音。」

「原來只有聲音啊。」

祥太拿著玉米說。

「……放連續煙火的時候，不是可以付錢讓他們廣播：『Star Mine，ＸＸ先生／小姐』嗎？我們也做過。以前我先生靠豆子期貨賺大錢……」

初枝自行將啤酒倒入杯子，又開始吹噓起過去的輝煌歲月。這個故事阿治已經聽過好幾遍。

「哦，真豪邁……」

平常他對這種不知是真是假的回憶故事嗤之以鼻，但今天卻不以為意。

「柴田治先生。咻～咚～啪啦啪啦啪啦……」

聽完初枝的話，阿治也替自己施放煙火。今天是特別的日子。

「放上去了嗎？」

初枝看著坐在隔壁的阿治愉快的側臉。

「嗯……不過不是連續煙火，是很大的單發。」

「這樣啊。真是可喜可賀……」

「嗯……真是可喜可賀。」

這時煙火發出格外巨大的聲響。

「哦，快要結束了……」

「要結束了？」

信代問。聽到這句話，大家都來到簷廊。

阿治向凜招手，她便啃著插在免洗筷上的玉米，坐到阿治腿上。

「什麼都看不到。」

亞紀說完笑了。

「只有聲音而已。」

阿治也笑了。

六人就像從黑暗海底仰望水面透入的陽光的魚，抬頭眺望大廈建築上方只看到一小片的夜空。

開始結穗的稻子隨風搖曳，形成白色的波浪，看起來就像水面。列車穿過隧道，又繼續在稻田之海上宛若滑行般行駛一陣子。

祥太站在第一節車廂的最前方，吃著水煮雞蛋。

大人拿著炸雞，已經開始喝起啤酒。凜脫下新涼鞋，在信代旁邊豎起膝蓋望著窗外。

「車……郵筒……河……腳踏車。」

凜將看到的東西一一向信代報告。

「還有呢？」

「還有雲。好像魚。」

凜指著天空。

「真的。很像鯨魚吧？」

信代也仰望那片雲。

「像魚。」

「還有呢？」

「鐵軌。」

「那裡有什麼？」

「我看到像晴空塔的東西。」

「我也看到了。」

這是他們第一次全家一起去海邊。

他們的生活狀況並沒有好轉。信代處於失業中，阿治無心工作。亞紀雖然在工作，但是交了男友，依舊沒有給家裡錢。

最近大多數商店都會安裝防盜攝影機，因此祥太他們能夠「工作」的店也日益減少，固定的收入只有初枝的年金。即便如此，看到在浴室穿著新買的泳衣、替游泳圈充氣的孩子們，初枝仍舊主動提議要去海邊。

「畢竟今年搞不好就是最後一次機會了。」

明年夏天，亞紀或許已經和男友一起生活。信代也贊同初枝的提議。

他們在終點站下車，搭上公車。當公車抵達海邊時，一直在喝啤酒的阿治已經變得醉醺醺的。

祥太與凜一踩到被太陽晒成雪白色的沙灘，便喊著「好燙好燙」，蹦蹦跳跳地跑向大海。

「很危險喔！」

亞紀也追著兩人奔跑。

阿治離開五人來到海岸邊緣，環顧四周。

沙灘上有一塊無人的塑膠墊。墊子的主人不知是正在海中游泳、或在海邊小店吃剉冰，只留下陽傘和行李。阿治確認主人沒有回來，拔起插在沙灘上的陽傘就立即逃跑。

「來，這裡有陽傘。」

阿治說完，在大家坐著的塑膠墊旁邊插入陽傘。

「這一來就可以遮太陽，涼爽多了。」

初枝抬頭望著陽傘，渾然不知這是偷來的。

「就是啊。要善待老人家才行。」

從電車票到啤酒都是初枝出的錢，因此阿治也是在用他的方式獻殷勤。大家坐在塑膠墊上，進行海水浴的準備。

亞紀脫下外套，開始塗防晒乳液。正在替游泳圈吹氣的祥太直盯著她白皙的胸口。

「祥太，快點充氣。」

阿治脫下藍色夏威夷衫，只剩一條及膝薄褲。

「嗯！」

祥太深深吸氣，然後再度認真地替游泳圈吹氣。

海邊有許多衝浪客，不過一旦來到離岸較遠的海面，就突然變得安靜。

阿治和祥太漂浮在波浪間，腳碰不到海底，等候著大浪。

「祥太，你喜歡胸部嗎？」

阿治從祥太背後問他。
「也沒有……」
祥太閃爍其詞。
「騙人。你剛剛在看吧？」
（被發現了。）
祥太突然感到害羞，沉默不語。
「沒關係……男人都喜歡胸部。爸爸也很喜歡。」
阿治替祥太辯解。祥太也笑了。
「對了，你最近早上這裡會變大嗎？」
阿治在水中碰了碰祥太的胯下。
「你為什麼要問？」
祥太扭動身體，避開阿治的手。
「對吧？」
「大家都會這樣嗎？」

祥太回頭看阿治。

「大家都會。男人都會。你放心了嗎？」

「嗯。我有點擔心是不是生病了。」

祥太害羞地這麼說。

阿治比較晚熟，直到上國中才發現自己身體的變化。當時他父親已經不在了，也沒有可以討論的朋友。

他一直希望有一天能夠在親子之間進行這樣的對話。或者應該說，他想像父親和兒子之間應該會進行這樣的對話，於是便試著實踐。

亞紀和凜站在沙灘邊緣，手牽著手。每當海浪逼近沙灘，凜就會往後退，遲遲不肯讓腳碰到水。

信代和初枝在阿治偷來的陽傘底下，悠閒地眺望大海。

「凜在笑。」

信代邊吃玉米邊說，初枝也豎起耳朵。
「啊，真的。」
「一支五百圓，簡直就是搶劫。」
信代雖然如此抱怨，卻無法不買。她從以前就很喜歡吃玉米，尤其是這種沾了醬油再烤的烤玉米，更是讓她無法抗拒。
信代問初枝：「要不要吃？」
「我沒辦法咬。」
初枝說完張開嘴巴給她看。吃玉米總不能用吸吮的。
祥太和阿治也來到亞紀和凜身邊。四人手牽著手，配合浪花跳起來嬉戲。
「我說得沒錯吧？」
信代沒有看著初枝說話。
自己選擇的家人，親情更緊密。信代真心這麼想。
初枝也立刻理解，信代在講的是決心收養凜的事情。

「不過這種狀態不會持久……」

這樣的幸福不會一直持續下去。初枝冷靜地這麼認為。

「的確……不過……沒有血緣關係，有時候反而比較好吧？」

信代似乎無論如何都想要這麼相信。

這女孩沒有任何血親，也難怪會這樣想。初枝放棄繼續否定信代依賴的希望。

「嗯，畢竟不會抱什麼期待……」

如果有血緣關係，有時反而會發現，原以為早就結束的情感其實只是隱藏在內心深處。

關於這一點，初枝可以從自己對丈夫及其家人的嫉妒充分了解。

初枝心想，血緣很麻煩。

信代聽了初枝的話，有些寂寞地笑了。

（妳可以把我當女兒，稍微期待一些吧？）

信代內心想著。

初枝直視著信代的笑臉，說：

「大姊，仔細看妳還滿漂亮的……」

信代感到驚訝，也轉向初枝看著她。

「妳說什麼？」

「妳的臉。」

初枝瞇起眼睛笑了。

談起這家人時，信代的面孔真的就像菩薩一樣溫和。初枝心裡這麼想。

「我要過去了。」

信代或許是害羞，把視線從初枝移開，前往沙灘邊緣。

塑膠墊上只剩下初枝一人。她看到自己伸直在沙上的裸腿。白色肌膚鬆垮的腿上有許多老人斑。

「哇啊，好多斑……」

初枝把想法說出口。接著她伸手撈起被太陽晒到發燙的白沙，撒在自己的腿上。鬆散的沙子從小腿左右兩側滑落，回到沙灘上。初枝聽到阿治格外高亢的笑聲，抬起頭。

太陽被雲遮蔽，突然變得陰暗。初枝感受到背後一陣寒意。

信代加入之後，五個人手牽著手一起等候波浪。初枝望著他們的背影，低聲喃喃地說：

「多謝了。」

然而她的聲音被波浪聲和五人的笑聲淹沒，沒有傳到任何人的耳中。

第五章　彈珠

凜感覺到嘴巴裡面怪怪的，醒了過來。枕邊擺著黃色蓋子的玻璃瓶，裡面裝的是之前到海邊撿回來的貝殼，還有祥太給她的領帶夾。這是凜的藏寶箱。

凜起身，拍了兩下睡在旁邊的信代手臂。或許是因為昨晚太悶熱而輾轉難眠，信代此刻完全沒有醒來的跡象，阿治也大聲在打鼾。凜站起來走到壁櫥，猛地拉開門。

祥太嚇得跳起來。

「妳不要突然打開！」

凜把手伸向祥太，張開手掌。

「牙齒掉了。」

「牙齒？」

祥太驚訝地檢視凜的手掌。掌心有一顆小小的白色牙齒。祥太抬起頭看她的臉。凜張開嘴巴，從門牙的缺口伸出舌頭。

祥太叫醒阿治和信代，決定把掉下來的牙齒丟到屋頂上。他從凜接過牙齒，搬了廚房椅子到簷廊並爬上去。

阿治提醒他：「你丟上去的時候要喊：『保佑將來長出堅強的牙齒！』」

祥太回答「我知道」。他自己掉牙的時候也做過好幾次：下排牙齒丟到屋頂，上排牙齒丟到屋簷下。雖然不知道是誰規定的，不過在這個幾乎沒什麼成規的家中，只有這個習慣嚴格受到遵守並實行。

祥太和凜齊聲喊「保佑將來長出堅強的牙齒」，然後在喊「齒」的同時丟出牙齒。

這時佛間傳來亞紀呼喚「奶奶，快起床」的聲音。

「奶奶……快起床……奶奶……」

從亞紀的語調，祥太理解到發生了重大的事情。

阿治前往佛間，信代也起身奔向初枝。

「奶奶……奶奶……不好了……奶奶她……」

祥太爬下椅子，把手放在凜的肩膀，從起居室與佛間分界的門檻上，俯視初枝橫躺的棉被。

「亞紀，打一一〇……」

阿治拿起亞紀的手機。

「救護車？一一九。」

「不對，應該打一一九……到底要打哪個……」

祥太告訴慌亂到六神無主的阿治。

信代來到旁邊檢視初枝的臉孔，冷靜地從阿治手中奪走手機，中斷連線。

「妳在幹什麼？」阿治對她怒吼。

「她已經死了。看臉色就知道，不可能活過來了……」

阿治重新檢視初枝轉變為土黃色的臉。

「要是叫救護車……」

信代打了阿治的頭。要是叫救護車的話，這個家的祕密全都會曝光。

亞紀坐在枕邊，一直呼喚著初枝。她似乎還無法接受事實。

「沒辦法……這種事都是按照順序來的。」

信代說完，拍了兩下亞紀的背。

亞紀不肯離開初枝的枕邊。阿治在起居室不安地走來走去。

「喪禮怎麼辦……還有火葬場……」

信代穩穩地坐在房間中央的矮桌，對阿治說：

「哪來的錢？」

「可是……」

那該怎麼辦？阿治以尋求答案的眼神看著信代。

「再陪伴她一陣子吧……奶奶一定也會寂寞。」

阿治不太明白信代想說什麼。

信代回頭看看佛間後方的兒童房。

「啊？」

阿治察覺到信代的意思是「埋了吧」。

「可是……」

「凜，妳也不想跟奶奶說再見吧？」

「嗯。」

信代摸摸凜的頭，她便直率地點頭。

「既然這樣的話，留下來的大家一起努力吧！在這裡，連奶奶的份一起活下去，好嗎？」

信代說到「在這裡」，刻意加強語氣。

阿治默默地點頭。

大家來到被當成置物間使用的兒童房，將裡面的東西搬到起居室。拆下兩塊榻榻米，用鋸子鋸斷兩條支撐榻榻米的木材，就看到底下的泥土。

阿治脫到只剩一條內褲，拿著鏟子站在那裡，挖掘地板下方的泥土。信代和祥太把挖出來的土裝入水桶，搬到起居室，堆在攤開的塑膠墊上。

上次去海邊才剛使用過這塊塑膠墊。祥太看著上面的條紋逐漸被泥土覆蓋，不禁悲從中來。凜在祥太等人挖出來的土丘插上樹枝，做成墳墓的樣子。她是否理解奶奶死掉了呢？祥太思索著。

凜說過，她來這裡之前一起生活的「麵麩奶奶」已經上天堂了。祥太沒有問過凜，她當時是否也曾像這樣親臨死亡現場。不過他覺得，凜一定也了解即將要跟奶奶道別了。

亞紀從剛剛就坐在奶奶枕邊，邊哭邊一直梳頭髮。她喃喃說著話，但祥太聽不清楚她在說什麼。

祥太與信代交錯，拿著水桶到洞口蹲下來。這時腰部以下都在土裡的阿治對他說：

「聽好了，奶奶一開始就不存在。我們家只有五個人。」

盯著祥太眼睛說話的阿治不是平常那個愛開玩笑的阿治，簡直就像別家的陌生叔叔。

「嗯。」

祥太回答之後，把視線從阿治身上移開。

阿治與信代兩人合力將還在哭的亞紀從枕邊拉開，把初枝埋在地板底下，覆上泥土，然後把榻榻米放回原位。

祥太一直注視著這個過程。

「你養的蜥蜴死掉的時候，不是也埋在院子裡嗎？就跟那個一樣。」

阿治或許覺得祥太在批判自己，於是笑著這樣說。祥太笑不出來。

阿治用沾滿泥土的手拍了一下祥太的頭，前往浴室。

阿治在浴室拿肥皀塗滿全身，淋上浴缸中剩下的熱水。他想起十年前的往事。

當時也是夏天。那天他也像這樣洗去身上的泥土。他記得就像今天一樣，小窗戶外傳來鈴蟲的鳴叫聲。他正回想起這樣的往事，突然察覺到背後好像有人，嚇得回頭。信代拿著浴巾站在浴室門口。

「沒想到又要做這種事……」

阿治自嘲地笑了，然後又用臉盆舀起浴缸裡的水潑在背上。

「可是跟那時候很不一樣。」

信代似乎也和阿治想起同樣的事情。

「也對。從某個角度想，老太婆應該算幸福的。」

「那當然。總比孤獨死掉好多了。」

兩人想起初枝提過的「保險」話題。

「這裡還有泡沫。」

信代取過阿治手中的臉盆，替他沖掉背上殘餘的泡沫。

信代的指尖滑過背部，心想「他的肌膚真漂亮」，不過在這種時候想這種事情太不莊重了，因此她沒有說出來。

「如果我那個了……」

阿治背對著信代說話。

「就在院子池塘底下……」

信代明白他想說什麼。

她不確定這是阿治慣例的依賴心態，或是他盡最大努力以自己的方式在表達愛情，不過她還是感到高興。

「那座池塘沒那麼大。」

她想要以玩笑結束這個話題，於是這麼說。她用掛在脖子上的浴巾替阿治擦背，然後拍了兩下他的背，似乎是在說沒事了。

阿治取過浴巾，圍在腰間，像逃跑般離開浴室。

「把腳擦乾。那裡每次都弄得濕答答的。」

信代在阿治背後喊。

「知道啦！」

回話的聲音又恢復平常的阿治。

一家人殷切期盼，終於等到初枝的年金發放日。

「我也要一起去。」

信代正在準備外出，祥太難得主動提議，因此兩人便一起出門。

信代拿著初枝的金融卡，在銀行提款機前排隊。祥太在外面等她。

拿著信封的信代走出來，把信封收入手中的包包。坐在護欄上的祥太跳下來，雙腳著地，跑向信代問：

「有多少？」

「十一萬六千圓……」

「這是誰的錢？」

「……奶奶的錢……」

信代邊走邊拍拍裝了信封的包包。

「那……應該不算壞事吧？」祥太向她確認。

「不算……」

信代拿起路邊雜貨店陳列在門口的筷子。她想要替凜買一雙兒童用的短筷子。

祥太接著問：「那偷店裡的東西算不算？」

他就是因為想問這個問題，才尋找和信代單獨相處的機會。

「爸爸說什麼？」

信代不知從哪學來的，就如狡詐的雙親般，把話題丟到另一半的身上。

「他說，擺在店裡的東西還不屬於任何人……」

信代發出苦笑。這個答案很有那個人的風格。他一定也是聽雙親這麼說，就深信不疑。

「只要沒害店家倒閉，應該就沒關係吧？」

信代如此打發這個話題，然後拿起陳列在那裡的黃色兒童用筷子，走入店內。

祥太並不同意信代的答案，不過他知道信代不希望他繼續問這個問題。

兩人在商店街入口買了彈珠汽水，邊走邊喝。

當他們經過平常買可樂餅的不二家肉店前，熟悉的店員阿姨從店門口招呼信代。

「這位媽媽，要不要買可樂餅回去當晚餐？」

信代有一瞬間不知道她在叫誰，環顧四周，但立刻明白她是在叫自己，以一副不敢相信「她叫我媽媽」的表情看著祥太。

「人家稱呼妳媽媽，妳會高興嗎？」

祥太這麼問，信代便反問：「被誰稱呼？」被肉店的阿姨這麼稱呼，當然沒什麼好高興的。

「比如說凜呢?」

「要實際聽她叫才知道。」

信代喝下彈珠汽水。彈珠在瓶子裡滾動，發出悅耳的聲音。

「你為什麼要問這個問題?」

信代伸手揉亂祥太的頭髮。

繞過轉角，迎面而來的幾個女生大概剛上完游泳課，頭上戴著毛巾做的三角帽跑過去。她們跑過祥太身旁時，伴隨著笑聲飄來些許氯的氣味。

「因為他要我叫爸爸。」祥太不滿地這麼說。

「你叫不出來?」

「還不行。」

他和阿治約定「以後再說」，已經過了半年以上，仍舊沒有稱呼阿治一次「爸爸」。

「這根本不是什麼大不了的事情。」

信代看到祥太的表情變得陰沉，笑著告訴他。

「你根本不用在意。」

信代說完打了一個大嗝，然後哈哈大笑往前走。凜和祥太都沒有稱呼信代「媽媽」。信代和阿治不同，不會要求他們這樣叫，因此祥太也沒有在意過這件事。他感到心情變得稍微輕鬆一些。

信代和祥太喝完彈珠汽水，把瓶子丟向磚牆打破，從裡面取出彈珠。

回到家之後，祥太立刻進入壁櫥，用安全帽的燈泡照亮彈珠。

彈珠裡面有好幾個氣泡，讓祥太想起夏天大家一起去玩的海。

凜打開壁櫥進入裡面，坐在祥太旁邊。

「你看到什麼？」

「海。」

祥太說完，把彈珠舉到凜的眼前。

凜把臉湊近彈珠，窺視裡面。

「太空。」

凜告訴他。

「太空？」

祥太聽她這麼說，再次窺視彈珠內部，看到那些氣泡果然也滿像星星的。

這時佛壇的鈴鐺響了。信代仿照初枝的做法，將銀行信封擺在佛壇上，雙手合掌。

「真了不起……奶奶即使死掉了，還是能派上用場……」

這是信代的聲音。

「真正派上用場的，應該是老頭子才對。」

阿治一邊搜索著埋葬初枝的兒童房，一邊回應。

他一直懷疑初枝將私房錢藏在這間房間裡。只是由於初枝的警戒心很強，如果被她發現阿治在她不在家時搜索過，或許會鬧彆扭而不肯再把年金提供給家人。他因為這麼想，才沒有付諸實行。

現在初枝已經長眠於地板下的土裡，因此阿治可以盡情搜索屋內。

找過壁櫥之後，他接下來的目標是書桌。書桌前方不自然地擺著暖爐，使抽屜無法完全打開。阿治勉強拉開一半左右，看到裡頭有個黑色小盒子。阿治立刻察覺到有玄機，挪開暖爐取出小盒子。

他打開盒蓋，裡面裝的是初枝的假牙。

「哇！」

阿治差點把盒子丟到地上。他想直接把盒子丟到垃圾桶，但又打消念頭。初枝為什麼要把已經不用的假牙藏在抽屜深處？

阿治想到這裡，仔細檢視盒子，看到在折疊起來鋪在假牙底下的報紙下方，似乎裝有折起來的信封。他避免碰到假牙，移開報紙。

信封中一如他所猜想的，裝了錢。

三張一萬圓紙鈔。

阿治拿著那疊信封跑到信代面前。

「找到了！老太婆果然藏了私房錢。」

兩人一一打開折起來的信封，數著裡面的鈔票。

祥太在壁櫥中聽到這個聲音，走到外面。

「一、二、三……四、五、六……七、八、九……」

兩人的聲音越來越高、越來越大，數到一半已經開始跳起來。

「每個信封都裝了三萬，不知道是什麼錢。」

「她會不會在勒索誰？……不管怎樣，錢就是錢。」

祥太看著兩人的模樣，將手中的安全帽丟到壁櫥裡。藍色安全帽撞到壁櫥的牆壁，發出很大的聲音，但兩人似乎沒有發覺。

「跟我來一下。」

阿治這麼說，祥太只好無可奈何地換上衣服。

兩人已經有好一陣子沒有一起出門。以前不論到哪裡，兩人都會一起行動，但最近祥太越來越常獨自待在停車場壞掉的車中，出門時也幾乎都跟凜在一起。

「去哪裡？」

「柏青哥店。」

阿治彷彿想到有趣的惡作劇般，露出邪惡的笑容。

他已經在柏青哥店輸光初枝的私房錢，應該沒有資金才對。

祥太很討厭柏青哥店。他的耳朵很好，可以聽辨細微的聲音，但是在柏青哥店那樣的地方，高分貝的噪音從四面八方傳來，他反而不知道該聽什麼，腦中變得一片空白。有一次初枝帶他到店裡，他直到拿了初枝的耳塞才總算穩定下來，但今天卻連那種東西都沒有準備。

到達柏青哥店之後，阿治沒有進入店內，而是爬上立體停車場的階梯來到二樓。

他預測到祥太想問「你要做什麼」，回頭從口袋取出類似鎚子的東西。

「鏘～！」

「那是什麼？」
「擊破器。」
祥太對這個名詞有些印象。
「怎麼會有那個？買的嗎？」
「笨蛋，怎麼可能用買的。」
阿治笑了，彷彿在說「別把我當傻瓜」。
「看著吧。」
阿治說完，開始一輛輛物色停放在那裡的汽車。他隔著玻璃，檢視前座與後座有沒有值錢的東西。
祥太跟在阿治後方距離幾步的地方。
「喂……」
「啊？」
阿治沒有回頭。
「這個……不是人家的東西嗎？」

這怎麼看都不同於「還不屬於任何人」的店內商品。阿治無視於祥太的疑問，繼續檢視車內。或許是沒看到值錢的東西，他嘆了一口氣，然後回頭看祥太，面不改色地問：

「那又怎樣？」

他的表情好像在責難祥太「都到這個地步，裝什麼正義好漢」。

祥太首度覺得阿治這個人有點可怕。

「你要不要也來試試看？」

阿治立刻恢復平常輕浮的態度，朝著祥太揮揮擊破器。

「……」

祥太不知為何感到悲傷，把視線從阿治身上移開，低下了頭。

阿治還在笑。

祥太轉身，獨自走向剛剛爬上來的階梯。

「喂！」

阿治朝他的背影呼喚。

「怎麼搞的？」

阿治顯得很不滿。

「那你就在那裡把風吧。」

阿治指著階梯。

祥太無可奈何地監視車主有沒有爬上階梯。腳底的水泥地在夏季陽光照射下，感覺很燙。

柏青哥店的屋頂後方有一座白色水塔。那棟建築的外型宛若腳很長、頭很大的外星人。祥太忽然想到，如果爬上那座水塔，在平坦的頭頂上躺下來，一定很舒服。

這時突然聽見打破玻璃的巨大聲響。

祥太望向聲音傳來的方向，看到阿治正從紅色汽車後座拿出一個包包，上面印了很大的英文字母。

阿治把包包抱在肚子前方，飛快地朝祥太跑來。從他平常的模樣，很難想像他能如此敏捷。

祥太驚訝地佇立在原地。

阿治發出怪異的叫聲經過祥太前方，一步跨過兩階地跑下階梯。

祥太回過神來，追在阿治後方也下了階梯。

跑過一樓停車場時，背後傳來開門的聲音，柏青哥店內的噪音傾瀉而出，但祥太沒有回頭。

「這東西……果然很厲害。」

阿治邊跑邊舉起擊破器給祥太看。

「……我那時候……」

祥太沒有回答，而是提出問題。

「……嗯？」

「你救我的時候……」

「啊？」

「那時候……你也打算要偷東西嗎？」

阿治朝著祥太露出虛弱的笑容，說：

「笨蛋，才不是……那時候是為了要救你。」

阿治像平常「工作」成功時那樣伸出拳頭。祥太並沒有用拳頭去碰他的拳頭。

「怎麼搞的？」阿治拍了一下祥太的肩膀跑走了。祥太停下腳步，目送阿治的背影。

祥太之所以討厭柏青哥店，除了聲音之外還有另一個理由。

那是在夏季炎熱的日子，他獨自坐在車中的後座，繫著安全帶。椅子上躺著一個寶特瓶，但他喝了一口，發現已經變成熱水，就不再喝了。

遠處不時傳來柏青哥的聲音，又再度消失。

這時他聽到玻璃被打破的巨大聲響。從打破的洞窺視車內的，就是阿治。

阿治替祥太解除安全帶，把他抱起來。

阿治反覆告訴祥太這段兩人相逢的故事，而這段過程也已經成為祥太本身的記憶。「祥太」這個名字也是當時阿治替他取的。阿治救了他的性命。祥太一直為此感謝他。

因此阿治救凜的時候，祥太想到自己也是這樣獲救的，對於窩囊的「父親」也討厭不起來。然而此刻看著丟下自己逃跑的阿治，祥太感覺到自己心中兩人相逢的記憶逐漸變質。阿治或許不是為了救祥太而打破玻璃，而是打破玻璃要偷東西時，剛好看到祥太在車內吧？

會不會只是這樣？祥太停止追阿治，佇立在道路中央，默默地看著自己的手掌。

這天之後，祥太再也沒有和阿治一起去「工作」了。

祥太照例在停車場的車中研磨撿來的螺絲時，凜突然說「口渴了」。

他身上沒有錢。兩人沒有多想，就前往「山戶屋」。他們在蟬鳴聲中汗流浹背地走著，到達店鋪時才發現沒開。玻璃門上貼著「忌中」的紙條。

「……中……」

這個字對祥太來說太難，他念不出來，不過仍舊理解到這家店發生了不幸。兩人從窗外窺視裡面，看到平常放在外面的棒球遊戲機靜悄悄地擺在黑暗中。

凜問他：「沒開嗎？」

「嗯……搞不好倒閉了……」

祥太心想，或許是因為自己一直在這裡「工作」的關係。他離開店門口，和凜走在河邊的道路，不知為何突然想起夏天下大雨那天看到的蟬的幼蟲。那隻幼蟲是否順利成為蟬了呢？突然下起雨，牠的翅膀會不會被打濕而飛不起來？牠最後該不會以幼蟲的姿態被螞蟻圍攻而死吧？

兩人來到附近一家名叫「堺屋」的超市。

「今天哥哥自己來……妳在這邊等著。」

「……」

祥太吩咐過凜之後，獨自進入店內。

他覺得店裡的店員人數比平常多。不過這裡沒有防盜攝影機，而且由於陳列架很高，所以死角也很多。

這裡是很適合「工作」的店，但祥太腦中一直想著「山戶屋」的事，因此只是在店內繞來繞去。

這時他突然瞥見凜在點心區。

她大概是違背約定進入店裡。她站在點心陳列架前，模仿祥太轉動手指，進行祈禱儀式。

「喂！」

祥太驚訝地呼喚她。

凜回頭瞥了一眼，然後伸手去拿巧克力，想要硬塞到口袋裡。拿著商品管理文件夾的店員站到祥太與凜之間。祥太剎那之間想要丟下凜直接逃跑，不過又改變主意，伸出雙手將疊起來的罐頭掃到地上，然後抱起裝滿橘子的袋子衝向入口。

「喂！」

兩名店員連忙追在他後面。

祥太抱著橘子逃跑。

店員執拗地追來。

祥太穿過類似團地的建築群，跑在河邊的堤防上。事後回想起來，他並不是因為想吃橘子才拿的，丟掉橘子應該可以跑得更快，然而當時的他無法想到這麼多。

他過了橋來到河對岸，正跑到和緩右轉的斜坡時，看到預先繞到前方的店員迎面上來。祥太失去了可逃之路。

電車跨越河川疾馳。祥太從斜坡狀的圍牆往下看，這個高度感覺跟公園的方格鐵架差不多。應該沒問題，他曾經跳下去過。

祥太拿著橘子從圍牆跳下去。他聽到上方的店員發出「啊！」的叫聲。他們大概沒想到他會跳下去。祥太著地失敗，倒在地上。跟疼痛比起來，他更感到驚訝：這裡比他預期的高出許多。

他想要站起來，右腳卻不能活動。他看到袋子撞到護欄破了，飛出去的橘子滾落到路上。在逐漸失去的意識當中，他覺得橘子的黃色很漂亮。

祥太被救護車送到醫院。

警察立刻到祥太的病房偵訊事發經過。兩人組的警察之一是和信代年齡相仿的女性，另一人則是只有二十多歲的男性。

主要詢問的是自稱前園的男性。

「你之前在哪裡生活？」

「車裡。」

「車裡？」

「嗯。河邊停車場的車裡。」

「自己一個人？」

「嗯。」

「你不是和家人一起生活在這個家裡嗎？」

男人拿一張照片給祥太看。照片裡是他所熟悉的那個家。

祥太搖頭。

他想要設法保護家人。年輕的男警似乎察覺到這一點。

「你在掩護某個人嗎？」

祥太沒有抬起視線，只是盯著自己受傷的腳。右腳以石膏固定。

醫生告訴他，由於骨折和嚴重挫傷，大概要半年才能完全治癒。

自稱宮部的女警開口：

「那些人在我們到那個家的時候，已經打包行李準備要逃跑。他們打算丟下你一個人。」

祥太抬起頭看她。宮部心想，這是一雙不信任大人的眼睛。

「如果是真正的家人，應該不會做那種事吧？」

祥太再度把視線放回自己的腳上。

現在他的家人怎麼了？

凜被抓到了嗎？他想要知道，但忍住沒有發問。

因為他覺得，這個叫宮部的女人不會告訴他實話。

凜坐在會議室的椅子上，拿著藍色蠟筆在別人給她的圖畫紙上畫海。沙灘上，褐髮的凜、祥太、信代、亞紀以及留著鬍鬚的阿治手牽著手在笑。

宮部和前園拿著柳橙汁進入房間，坐在凜的面前，湊過來看這張圖畫。

「哇，好漂亮的顏色。」

說話的是宮部。看到她的臉，凜的身體變得僵硬。

「那天天氣很好吧？」

凜的圖畫中畫著鮮紅色的太陽。

「樹里。」

宮部用凜的本名稱呼她。

「一共有幾個人去海邊？」

「五個人。」

凜看到祥太受傷被救護車載走，拚命跑到家裡通知阿治。阿治趕到醫院，不小心把姓名跟住址告訴了陪伴祥太的警察。

信代來迎接阿治之後，他們先回到家裡，打包好行李從後門出去時就被逮捕了。

「聽好。如果被問到奶奶的事，要說不知道。」

打包行李的時候，阿治這樣告訴凜。凜記住了他的話。

前園問：「大家一起玩什麼？」

凜回答：「跳高。」

「跳高呀？」

男人笑了，彷彿在說「好像很好玩」。

女人問：「當時奶奶不在嗎？」

她的口吻雖然像托兒所的老師般溫柔，但眼中並沒有笑意。

凜似乎覺得不能相信她，緊緊閉上嘴巴，不再看她的臉。

家人各自被帶到不同的房間接受偵訊。

阿治被逮捕的時候，穿著廉價的藍色夏威夷衫。這身儼然是出遊打扮的服裝，在這個嚴肅的場所顯得格格不入。

「不對，這不是綁架。是因為看她餓肚子不忍心，信代才……把她帶來……可是不是強迫的……」

「那是什麼時候？」

前園的態度和面對祥太時截然不同，語氣很嚴厲。
「今年二月……」
「這樣的行為就叫做綁架。」
「這……我也跟她說過，可是她說……我們又沒有要求贖金，所以不是綁架，應該算是保護。」
阿治依照信代先前的指示回答。
在打包行李時，兩人之間已經約定好了。
這次事件全都當成是信代一人做的。
信代大概早已抱定決心，等到這個時候來臨就要這麼做。
她要獨自扛下罪行。

「什麼？他們殺過人？」
亞紀坐在會議室的椅子，驚訝得說不出話來。
「妳跟他們住在一起，卻不知道嗎？」

宮部假裝很訝異地反問。

亞紀緩緩點頭。

「男人的本名叫榎勝太，女人的本名叫田邊由布子。」

聽到「勝太（Shota）」這個名字，前園低頭看自己的記事本，然後在「祥太（Shota）」這個名字旁邊寫下「勝太」。

「他們……殺了誰？」

「前夫……用菜刀刺死之後埋起來。大概是爭風吃醋的情殺吧？」

「……」

「那兩個人就是這樣的關係。」

「……」

亞紀原本就隱約察覺到，兩人之間存在著她無法探知的共同過去。她猜想那應該是超越男女關係的「某種東西」，但原來是這麼一回事。

當初枝過世、亞紀在枕邊不知所措時，信代立刻取代初枝當起領導者，決定要埋葬屍體。她是為了保護家人，逼不得已這麼做的。亞紀甚至認為當時信代的決斷力很可靠，沒想到卻是因為那兩人以前也埋過屍體。

亞紀對自己的天真無知感到愕然。

「那是正當防衛。如果不殺死他，我們兩個都會被殺死。」

信代粗暴地對坐在面前的宮部這麼說。

「判決的確是如此……」

宮部明知這一點，卻沒有告訴亞紀。判決中採定他們的說法──阿治為了保護每次丈夫酒醉就被施暴的信代，奪走菜刀時不慎刺中對方──因而給予緩刑。

「那件事和這次的事有什麼關係？」

「那麼你們為什麼要逃跑？」

宮部受到反駁，也強硬地追問。

「我們沒有逃跑，只是正要去醫院。」

面對不肯承認自己罪行的信代，宮部發誓作為一名母親絕對無法原諒她。

樹里的雙親並肩走下團地的階梯，在信箱前被電視播報員和報社記者包圍。

「樹里的情況怎麼樣？」

一名女記者以一副很擔心的口吻詢問父親保。

「嗯……她大概是感到安心，昨天睡得很好……」

保板著臉回答。他穿著黑色西裝，打了領帶。

他雖然為了今天特地整理了頭髮，但從他剃得很細的眉毛，也可以輕易想像平常的他和現在的風貌不同。

「希女士，樹里昨天吃了什麼？」

貌似電視播報員的女人詢問。

「……她最喜歡的蛋包飯……」

每當樹里的母親希拿起手帕按在鼻子下方，相機就會閃起閃光燈，希望能拍到淚水。

「是媽媽的料理嗎？」

「是的……是我做的。」

「請爸爸發表一下意見……你想對犯人說什麼？」

「不可原諒……竟然對沒有任何罪過的孩子做這種事……」

「為什麼失蹤長達兩個月，你們都沒有報警處理呢？」

先前的播報員追問。在她的節目中，攝影棚的評論員一再表示雙親很可疑。保或許也知道這一點，眼光變得銳利。

「那是因為……我們以為犯人會聯絡……譬如要求贖金之類的。我們也接到過很多通沉默的電話。」

恢復樹里身分的凜把耳朵貼在玄關門上，聽雙親說話的內容。

睽違半年回來的家仍和以前一樣，但樹里卻覺得好像來到某個朋友家玩。碰到這種時候，她會抱著在那個家放在枕邊睡覺的寶物瓶。那個家裡的人買給她的衣服、鞋子，以及最喜歡的黃色泳衣……等等，全都被母親希丟掉了，只有這個裝滿寶物的瓶子，因為樹里絕對不肯放手，希也只好作罷。

打開玻璃瓶的黃色蓋子，就聞到海的氣味。

樹里回到雙親身邊之後，小女孩綁架案的相關話題就告一段落。社會大眾與警察的興趣與關心焦點，此刻轉移到這個家的屋主初枝的去向。

「因為……奶奶對我說……她想要跟我住在一起。」

亞紀被宮部問到為什麼會住在那個家，便如此回答。

「可是那不是基於善意吧？」

「啊？」

「畢竟她一直向奪走自己丈夫的家庭拿錢。」

亞紀花了一點時間，才理解宮部這句話的意思。

「奶奶向我爸媽拿錢？」

亞紀不安地摸了摸胸口。那隻手的手背上傷痕累累血跡斑斑，也許是揍過牆壁。

「她每次造訪，他們好像都會給錢……」

初枝為什麼想要和亞紀住？宮部無法理解這一點。可以想到的理由，就是為了破壞他人幸福，或是為了金錢。犯罪動機基本上就是這麼回事。

宮部對人性抱持著如此冷淡的評價。

「我爸媽知道……我跟奶奶一起住嗎？」

「他們宣稱不知道……」

他們一定知道。知道之後，或許反而覺得少了一個麻煩吧？這種事對亞紀來說，已經無關緊要了。她唯一感到震驚的，就是初枝隱瞞了這件事。

「奶奶想要的，會不會只是錢……不是我？」

信代與阿治的「關係」、以及我和奶奶的「關係」，或許都和我所相信的不一樣。到頭來，在那個家中的，或許正是我討厭的大人的心機。

亞紀如夢乍醒般地抬起頭。宮部雙手交叉在胸前看著她。

「奶奶現在在哪裡？」

柴田家六人居住的屋子圍上藍色塑膠布，由警察進行現場蒐證。圍著黃色警示帶的外側聚集了看熱鬧的人，周圍大廈陽臺上的旁觀者像是在俯視水底般窺視屋子。至今完全被遺忘、被假裝看不到的一家人和屋子，現在卻吸引眾人的目光。記者在現場轉播的電視攝影機前報導。

「初枝女士的遺體距離死亡已經過了幾個星期，警察不排除他殺的可能性，還在繼續進行搜查。偽裝成她家人的那些人究竟為了什麼目的住在這裡，目前仍舊不得而知。」

初枝的遺體從地板底下出土之後，世人看待信代的目光變得更加嚴厲。雖然經過解剖也沒有發現他殺的證據，但是信代隱瞞初枝的死、從她的戶頭領走年金的身影留在防盜攝影機中，無從辯解。

話說回來，信代原本就不打算推卸或隱瞞綁架、遺棄屍體或年金詐欺的責任。因此如果被盤問，她就會一五一十回答。然而在宮部眼中，這樣的態度似乎和拋開罪惡感沒什麼兩樣。

「妳的意思是，這些都是妳自己一個人做的嗎？」

「是的。」

「挖洞和掩埋……」

「沒錯，都是我做的。」

「妳知道遺棄屍體是很重大的罪行嗎？」

「我沒有遺棄。」

信代低聲這麼說。

宮部沒有遺漏信代這句話中隱含的反抗成分。

「妳遺棄了。」

宮部特別厭惡像信代這樣罪惡感稀薄的犯罪者。

信代也最討厭像宮部這樣以正義自居、評斷他人罪行、主張人應當如何才正確的人。

「我是撿起來了……」

宮部無法理解信代想說什麼。

「因為有人遺棄，我才撿起來。遺棄的應該是別人吧？」

我們到底遺棄了誰？我們和被兒子夫婦遺棄的初枝住在一起，讓失去棲身之處的亞紀寄居，保護了放著不管有可能死掉的祥太和凜。如果這樣也要被問罪，那麼遺棄他們的人不是應該被追究更重的罪嗎？

信代直視著宮部。

（反正像妳這樣的人，也不會了解吧？）

信代在內心低語。

受到偵訊的阿治似乎睡眠不足，臉上長出鬍碴，頭髮在睡覺時壓到而翹得很厲害。

「目的？」

他的眼神恍惚，重複著宮部的提問。

「沒錯，目的。你們住進那棟房子的理由，是不是有什麼犯罪計畫……」

宮部這樣問時，阿治忽然想到，自己曾和信代談起打掉那棟房子、建造大廈的計畫。不過他又轉念一想：靠房租收入生活好像不能稱作犯罪。

「啊！」

阿治抬起頭。他想到，初枝和他們生活的目的倒是很清楚。

「奶奶說，她等於是加入了保險。」

「保險？什麼保險？」前園問他。

「那個叫什麼保險……」

他想要說出自己半開玩笑想到的「臨終保險」這個名稱，不過他覺得可能又會被眼前這個女人斥責，所以還是作罷。

「沒事，還是別提了。」

不論問阿治什麼問題，都得不到明確的答案，讓人摸不著頭緒。前園和宮部也感到很傷腦筋。

「你讓小孩去偷東西，難道不會良心不安嗎？」

前園對阿治說話的口吻，彷彿是老師在訓斥做壞事的學生。

「我……沒有其他東西可以教他們。」

對於這個完全缺乏道德觀的回應，本身也是父親的前園無法按捺怒火。

「就算是這樣……」

教導是非對錯，不就是父親的職責嗎？

然而眼前這個男人不僅綁架小孩，還教他們犯罪，自己卻擺出一副父親的臉孔。前園想到被這種男人帶回家養育的祥太，不禁相當同情。

「你為什麼替那個男生取名祥太？」

前園提出他一直感到疑惑的問題。

「Shota 是你的本名吧？」

阿治彷彿此刻才發覺一般，以驚訝的表情看著前園。

「那是……」

阿治說到這裡就說不出話了。前園很有耐心地等他繼續說下去。阿治似乎也想要說什麼，可是直到最後都找不到適當的言詞。

隨著季節轉移，傍晚時穿短袖已經開始會感覺冷了。醫院三樓有一座小陽臺，穿著睡衣的病患由護士推著輪椅到那裡晒太陽。從病房也能看到蜻蜓飛到那座陽臺上。

祥太坐在前來探視的前園對面，隔著玻璃看著這幅景象。前園已經是第五次來到這裡。

宛如偵訊般彼此緊張的氣氛只延續到第二次。前園了解到祥太不同於一般不良少年，具有正義感、想要掩護家人、而且至今仍舊在替樹里擔心。在這之後，他的態度就完全轉變。

他想要設法讓這個男孩回到正常的童年生活。

今天他也因為聽說祥太喜歡釣魚，特地從書店買了相關入門書籍帶來。

祥太拿著前園的警察證件，比對照片與本人。

前園故意板起臉孔皺起眉頭，擺出和證件照片相同的表情。

「那裡是大廈嗎？」

雖然說是警察，但對於一再來探視自己、像哥哥般親切的前園，祥太也逐漸卸下心防。

「是兩層樓的獨棟房屋。」

「哦……是獨棟房屋啊……」

祥太想起全家人一起居住的那棟荒川區的房屋。

「六個小孩子一起住在那裡。感覺很好玩吧？」

前園對祥太說明他今後要生活的設施。雖然不在工作範圍內，但前園特地取得宣傳手冊，甚至還利用假日自己去參觀。

「只有小孩子？」

「嗯。每天會有大人幫你們做飯，也會有零用錢。你可以拿零用錢去買喜歡的書。」

「哦……」

祥太心想，好像很好玩。

「祥太，你可以從那裡去上學。」

「學校那種地方，不是沒辦法在家念書的小孩才去的嗎？」

祥太依照阿治告訴他的說法回應。

前園壓抑對阿治的怒火，對他說：

「有些學習是沒辦法只在家裡完成的。」

「比方說呢？」

祥太把手中的警察證件還給前園，喝了一口前園從自動販賣機買來的柳橙汁。

「比如說……遇見新朋友之類的。」

「凜現在怎麼了？」

祥太詢問他最在意的問題。

「她回到家人身邊了。」

前園盡可能挑選不會傷害到祥太的說法告訴他。

「真正的家人？」

前園點頭。

祥太似乎也知道自己的家人是偽裝的家人。前園重新察覺到這一點，為他感到心痛。

「祥太，如果你也……」

前園想要告訴他，如果他也想要見到真正的家人，自己可以協助他。但祥太在前園說完之前就搖頭。

「我什麼都不記得。」

前園無法再說什麼。不論是多麼糟糕的一群人，即使是偽裝的，對祥太來說，能稱作家人的人也只有在那裡。

而他現在已經永遠失去那些「家人」。

樹里又回到和從前相同的生活。

保在受到社會大眾矚目時，曾經暫時停止家暴，但現在又故態復萌，夫妻吵架每天都在上演。

樹里坐在客廳角落，把祥太送她的彈珠舉向公寓陽臺射入的光線。彈珠裡可以看到小小的氣泡。她心想，「這是海」。她拿著那顆彈珠，走近坐在梳妝臺前的母親希。

「媽媽，妳看，這裡面……」

「去那邊。媽媽現在很忙。」

希冷冷地支開樹里。她正在用化妝掩飾臉頰上被保毆打的瘀青。樹里看到鏡中母親的臉孔顯得很哀傷。樹里像對待信代一樣，摸摸她的瘀青。

「好痛！我不是叫妳不要摸那裡嗎？」

希朝著鏡中的樹里這麼說，然後又瞪著她說「去那邊」。樹里離開希，回到房間角落。

「對不起呢？」

平時會不斷說「對不起」、甚至到吵人地步的樹里，今天卻保持沉默。

希回過頭，用哄騙的聲音又說了一次：

「樹里，我會買衣服給妳。過來吧。」

樹里首度明確地搖頭，拒絕接近希。

「凜自己說她想要回去嗎？」

信代無法掩藏錯愕。她當然也預期到，凜被警方帶走之後會回到親生母親身邊，然而一旦實際發生，卻又覺得好像女兒被奪走一般。

「是的。她叫樹里。」

宮部沒有忘記糾正名字。

她必須讓這個女人知道，現實中並不存在名叫凜的女孩。

宮部心裡這麼想。

「那孩子不可能會說那種話。」

信代似乎還無法接受現實。

「小孩子都需要母親。」

「那是母親一廂情願的想法吧？」

「嗯？」

宮部檢視信代的臉，似乎在問「妳想說什麼」。

「生下孩子，大家都能當母親嗎？」
「可是不生就當不成了。」
「……」
「我可以理解妳生不出孩子很難受。」
「……」
「妳很羨慕嗎？所以才綁架孩子？」
不是。不是這麼回事。
信代心想。
「也許……我是憎恨母親。」
信代說的是自己的母親。
只因為生產這項事實就以母親自居、支配女兒人生、拋棄她的母親。
宮部意識到自己心中的「母親」在說，不能原諒這個女人。
「那兩個孩子怎麼稱呼妳？」
宮部露骨地用帶刺的言語問她。

信代沒有回答。

「媽咪？媽媽？」

他們不可能這樣稱呼她。這個女人沒有資格得到這樣的稱呼。宮部懷著這種想法追問她。

信代皺起眉頭。她對祥太說過，這不是什麼大不了的事。然而在面對這樣的質問時，她心中湧起和當時不同的感受。

我當時確實是母親。在浴室彼此展示燙傷時接觸到的指尖，燒掉衣服時抱在一起、看我流淚的那孩子的眼睛，在沙灘上牽著的小手。

我沒有生下那孩子，但我確實是母親。

可是那孩子今後再也不會叫我「媽咪」或「媽媽」了。

當信代理解到這一點，淚水便從眼中流下來。

無論怎麼做，淚水都無法停止。

信代撥起頭髮，仰望天花板。

她的嘴脣在顫抖。

她心中想著：只要一次就好，她應該讓小孩稱她「媽媽」的。

亞紀不知不覺就來到那個家的門口。在宮部的偵訊之下，她一五一十地說出初枝被埋在地板底下，而這一切都是由信代主導。

她原以為終於找到歸宿，卻得知那個家其實是以金錢與犯罪維繫在一起，此刻反過來想要弄髒它。

「多虧妳才能破案。」

她受到宮部感謝、走出警察局時，還覺得沒有回去的地方反倒比較輕鬆，但最後她卻又回到這裡。

在電視新聞看到的喧囂好似不曾發生過般消失了，只有荒廢的屋子留在原地。好一陣子沒晒衣服的晒衣竿在風中晃動。在那上方，有一小片看不到煙火的天空。

周遭很安靜。亞紀觸摸簷廊的玻璃門，一口氣用雙手向左右推開。

夏天期間想必一直封閉的屋子裡，瀰漫著發霉的氣味。

亞紀刻意深深吸入這股氣味。奶奶棉被的氣味已經聞不到了。

這裡似乎維持著現場蒐證結束後的狀態，房間裡到處堆放著衣櫥的空抽屜。

一切都結束了。

是我無法信任在這個家的生活與記憶，而背叛了它。像這樣拼湊在一起的家庭遲早會結束，然而讓它結束的是我——亞紀有此自覺。

她理解到，自己是因為想將這份痛苦深深刻印在心中，才會來到這裡。

（要去哪裡？）

亞紀在心中喃喃自語。

「要去哪裡？」

她又說出口。

遠處傳來狗叫聲。

第六章　雪人

祥太和阿治在木更津無人的海邊並肩垂釣。他們已經半年沒見面了。

「路亞分為軟式和硬式兩種，依據水深又有漂浮式、懸浮式、下沉式的種類……」

祥太一邊替阿治整理糾纏在一起的釣線，一邊繼續說明。

「你在哪學來的這些知識？」

阿治佩服地聽祥太說明一陣子，然後問他。

「在書上讀到的。」

祥太說完，有些不好意思地低下頭。

「原來是書啊。」

阿治也同樣地笑了。兩人再度把釣線垂到海中。

在這裡待三個小時，身體都冷透了，不過他們釣到不少小竹莢魚。

兩人低頭檢視水桶。

「一、二、三……四、五、六。」

兩人齊聲數著，然後像以前一樣輕輕互碰拳頭。

「YA！」

「YA！」

兩人再次俯視藍色的水桶。

阿治問：「怎麼辦？」

「沒辦法養吧？」

祥太明知故問。

「嗯……大概……」

阿治伸出食指摸摸魚背。

「要放生嗎？」

「嗯……」

兩人站起來，把水桶中的魚歸回大海。
小小的黑影轉眼間就消失在汙濁的海水深處。

釣完魚之後，兩人前往收容信代的看守所探監。他們把釣竿寄放在置物櫃，被帶入一間房間，坐在折疊椅上。信代很快就出現了。
「聽說今晚會下雪。」
信代說完，坐在阿治與祥太的中間。為了聽聲音而開的圓孔剛好和信代的臉重疊，因此看不太清楚她的表情。
這點反而讓祥太感到有些安心。
「聽說大概是五年左右。」
信代用開朗的口吻說話。
「抱歉，連我的份也……」
雖然說是約定，但是把一切責任推給信代，阿治仍難免感到歉疚。

「你有前科，不可能只判五年。」

「可是……」

「我過得很快樂，所以這點代價感覺還太便宜了。」

這句話大概不是謊言。

「對不起……都是因為我被抓到……」

祥太說到這裡低下頭。

信代探出上半身，把臉湊近他說：

「不是祥太的責任。」

「沒錯。不可能每次都很順利。」

阿治拍拍祥太的肩膀鼓勵他。兩人似乎都不知道，祥太是為了掩護凜而偷東西的。祥太心想，這樣就行了。

「那間設施……怎麼樣？有去上學嗎？」

信代對祥太笑了笑。她的表情很溫柔。

「嗯，國語考試我拿全班第八名。」

「好厲害。」

信代擺出驚訝的表情。

「祥太腦筋很好。」

阿治彷彿是在為自己高興一般。

「你剪頭髮了？讓我看一下。」

信代比出拿下帽子的動作。

祥太在釣魚的時候，就一直戴著有英文字母的帽子。

這是前園警官送他的。

「給她看看吧。」

阿治戳戳他的肩膀。

祥太脫下帽子。他似乎每天都有洗頭，和以前不同的柔順瀏海在額頭上晃動。

「看，這樣就變得很瀟灑了。」

阿治再度稱讚祥太。阿治在車站與祥太重逢以來，就一直使用這個詞。

「祥太。」

信代換上認真的表情盯著祥太。

「撿到你的地點是在松戶的柏青哥店停車場……車子是紅色Vitz，車牌區域是習志野（註15）。」

祥太默默地聽她的聲音。

「喂……」

阿治驚訝得只能勉強擠出這個字。

「如果你有心的話，一定可以找到真正的父母親。」

信代是在去年年底，對每個月來探視一次的阿治說「想見祥太」。阿治心想，她大概也知道不可能見到凜，因此至少想見見祥太吧。

「我知道了。我會試試看。」

15　松戶和習志野都是千葉縣西北的城市。木更津則在千葉縣西側，臨東京灣。

阿治承諾後離開接見室。他知道那座設施的地點，因此鎖定可以從那裡通學的小學，在放學時間到校門口等候。如果老實申請，應該也不會得到許可，因此他瞞著設施把祥太帶出來。

「……妳是為了說這個，才要我帶祥太過來嗎？」

阿治察覺到信代的本意，加強了語氣。

「是啊……你應該要明白了，我們沒辦法帶這孩子。」

信代像是在告誡小孩子般對阿治說話，然後又把視線轉向祥太。

祥太也從正面看信代。

他覺得信代很美。

不，或許美麗不是最適當的形容詞。不過在她的眼神與嘴角，祥太感覺到以前所沒有的純淨。

他知道信代眼中泛起淚水。當眼淚即將滴落的瞬間，信代告訴旁邊的管理人員「結束了」，然後站起來。兩人默默地目送信代的背影。

信代在門前停下腳步，回頭看他們。

雖然沒有聽到聲音，但她的嘴型好像在說「拜拜」。

阿治沒有再對信代開口。祥太無法去看身旁的阿治的臉。

兩人走出接見室，坐上電車。他們沒有交談。

祥太心想，「拜拜」和「下次見」不同。那一定是「離別」的意思。

車窗外流逝的東京天空開始下雪。

祥太猶豫著要不要在車站道別，不過還是決定跟去阿治居住的公寓。

他不放心讓一直默默不語的阿治獨自回家。兩人並肩走在飄雪的路上。

「真的下雪了。」祥太仰望天空。

「跟她說的一樣……」

阿治的動作似乎在意著有舊傷的右腳。

祥太手中的釣竿變得像冰塊般冰冷，因此他在途中好幾次把釣竿從右手移到左手，又從左手移到右手。

兩人路經便利商店，進去買了杯裝泡麵和可樂餅。

公寓是兩層樓，總共有八間房間，其中有三間是空屋。外面的樓梯生鏽了，扶手也變得傾斜。

「碰到會很危險，已經壞了。」

阿治先爬上樓梯，回頭提醒祥太。

設有小流理臺與瓦斯爐的木地板廚房，加上六個榻榻米大的房間，沒有桌子也沒有其他家具，顯得很空曠。

他們燒了開水，注入泡麵杯，把可樂餅放在蓋子上等候三分鐘。

兩人同時喊了「叮～」然後開始吃。

「……這樣吃真好吃。」

「我就說吧。」

「誰教你的？」
「……」
「啊，是我嗎？」
「嗯……」
阿治大聲笑了。
祥太環顧房間問：
「你一個人住在這裡嗎？」
跟那個家剛好相反。
「嗯。浴室雖然很小，不過是全新的。」
阿治向他炫耀。
「哦……」
「待會要不要洗澡？」
「怎麼辦呢……」
「怎麼了？別客氣嘛！」

阿治看起來似乎刻意在裝出開朗的態度。
先前信代那句「拜拜」在祥太心中遲遲無法消失。
他心想，阿治一定也一樣吧？
「我乾脆住一晚好了。」
「……不會被罵嗎？」阿治按捺著欣喜問他。
「現在回去也一樣。」
「也對。」
兩人故意發出很大的聲音吸入麵條。

雪一直下到深夜。
阿治為了抽菸到外面的走廊上時，眼前是一片令人難以想像置身東京的白色雪景。
「祥太，你過來看。」
阿治把煙吐到空中，呼喚祥太。

正在準備鋪棉被的祥太來到玄關，一打開門就喊了聲「哇」。

「好厲害。」他喃喃地說。

「是啊。」阿治也附和。

祥太立刻下了階梯，經過腳踏車停放處旁邊，來到公寓中庭，然後回頭看阿治。

「我們來堆雪人吧！」

祥太還沒說完就蹲在雪地上，開始做小小的雪球。阿治用鮭魚罐頭的菸灰缸捻熄香菸，穿著拖鞋就走下階梯。

周圍很安靜，只聽見遠處救護車經過的聲音。

隔著一條路，對面住家樹枝上的雪發出很大的聲響滑落。路上沒有行人。

祥太只聽著兩人把雪踩實發出的「嘎嘎」聲，以及雪人越堆越大的聲音。

世界上彷彿只有他們兩人。祥太心想，如果一直都只有兩個人就好了。

祥太和阿治在同一條棉被裡背對背睡覺。

被雪淋濕的衣服掛在流理臺前的晒衣繩上，下面放置電暖爐。

黑暗的房間裡，只有暖爐的火綻放橘色的光芒。

進入棉被過了三十分鐘左右，腳尖總算變得暖和。祥太感覺到阿治在背後。

已經睡著了嗎——他正想要開口說這句話，阿治就問：「睡了嗎？」

「還沒……」祥太回答。

「你明天要回去吧？」阿治向他確認。

「嗯……」

如果再不回設施，一定會變成重大的問題。祥太心想，這樣帶給阿治的麻煩一定比自己更大。

「那個……」祥太想起自己一直在意的事。

「嗯？」

「大家那時候……想要丟下我一個人……逃走嗎？」

祥太感覺到阿治的背部變得僵硬。

「嗯……對。可是在那之前就被抓到了。」

「這樣啊……」

如果是平常的阿治，或許會騙他說「沒那回事。我們正要去接你」。不過阿治和祥太一樣，無法忘懷白天隔著玻璃看到的信代最後的笑臉。

「對不起……」

「嗯。」

「對不起。」

阿治又道了一次歉。祥太已經不再回應。

「爸爸……還是恢復成叔叔吧……」

阿治勉強擠出這句話。這不是他先前就想好的句子，而是他剛剛和祥太一起做雪人時，首度浮現的想法。

他連一次都沒被叫過「爸爸」，光是說出這種話大概就會讓祥太感到好笑，不過他還是等候祥太的回答。

「嗯，好啊。」

祥太仍舊背對著他回答。兩人接下來都沒有再說話。

不久之後，祥太開始發出睡眠時細微的呼吸聲。阿治聽著這個聲音，直到早上都沒睡。

他覺得睡著太可惜了。

祥太晾著的衣服已經乾了。阿治從繩子取下衣服，折起來放在枕邊。

祥太睡得很熟。阿治再度進入棉被躺下來。

他們一起去過海邊，一起看過煙火——不，是聽過煙火聲。而且還一起堆了雪人。

已經足夠了。如果冀求更多，就會遭到天譴。阿治如此告誡自己。

到了黎明，雪轉變為雨水。

（雪人會融化掉。）

阿治想著這種事情。

兩人在接近中午時起床，走到公車站。

他們仍舊沒有說話，並肩站在公車站，等候公車來臨。

駛近又遠離的汽車輪胎雪鏈發出聲響。

「要好好道歉喔。」

阿治忍耐不住而開口。

「嗯。」

祥太沒有轉頭，朝著正前方回應。

「就說是叔叔勉強留你下來的。」

「我知道。」

公車出現在遠處。阿治想要像昨天的信代一樣，對祥太說些話。他覺得他必須說些話。

「抱歉……叔叔還是……」
他自己首度說出叔叔這個稱呼，腦中突然變得一片空白，接下來要說的話哽在喉頭。
（不能再跟你見面了。）
他正要這麼說的時候，祥太告訴他：
「我是故意被抓的。」
「咦？」
阿治反問。
「我是故意被抓的……」
祥太又說了一次。
阿治立刻理解，這是祥太的體貼。
這一來，結束的就不是阿治，而是祥太。
「不是叔叔的錯。」
眼前的男孩在這麼說。

公車喇叭聲從遠處傳來。

（要離別了。）

阿治拍拍祥太的肩膀。

「這樣啊。」

阿治覺得在他身旁的這個男孩比自己更像大人。

這點讓他感到既寂寞又開心。

公車又響了一次喇叭，停在兩人面前。祥太不發一語地上車。

「祥太。」

阿治小聲呼喚並揮手。祥太似乎沒有聽見。他在車廂內走到最後一排的座位坐下。公車開始行駛。

「祥太。」

阿治又呼喚了一次，並且不知不覺地開始追逐公車。祥太沒有看他。

祥太把帽子前簷壓得很低，堅持不肯回頭。因為他覺得如果回頭揮手，阿治一定會更難受。

大約在過了三個紅綠燈之後，追了一陣子公車的阿治似乎沒再追來了。祥太等到這個時候，總算回頭看窗外。人行道上仍積著雪的灌木叢不斷往後方流逝。

「……爸爸……」

祥太首度開口如此呼喚。

追逐公車的阿治停下腳步仰望天空，然後像小孩子般放聲哭泣。他理解到失去的東西有多麼重大而放聲哭泣。他已經沒有任何地方可去，也沒有任何人在等他了。

樹里獨自一人在團地的公共走廊玩耍。她的手臂上又出現和以前一樣的傷痕。

她把裝了許多貝殼的「寶物」瓶放在旁邊，一顆顆撿拾散落在腳邊的彈珠。

「一角兩角三角形……」

柵欄外的工廠藍色屋頂上，還殘留著昨晚沒有融化的雪，受到太陽照射閃閃發光。

「四角五角六角半，七角八角手杈腰，九角十角打電話。」

樹里依照信代教的數到十。

還有四顆彈珠滾落在地面上。

她不知道接下來該怎麼數。

「早知道應該要問的。」

樹里感到後悔。

她無可奈何地再次數著「一角兩角三角形，四角……」，把所有的彈珠都收到瓶子裡。

這時她突然覺得好像有人叫她，便爬到啤酒箱上，從扶手探出上半身。她使勁踮起腳尖，想要看到遠方。

抓著扶手的雙手指尖感到冰冷。

小小的雪人放置在垃圾場旁邊。樹里覺得剛剛好像聽到有人跑過來，便從扶手探出上半身。

她的視線捕捉到某樣東西。她雙手用力握緊扶手，深深吸入一口氣。

某個人無聲的聲音迴盪在冬天陰沉的天空。

呼喚吧。

發出聲音呼喚吧。

本故事純屬虛構。
作品中即使出現同樣的名稱，也和實際存在的人物、團體等沒有任何關係。

嬉文化

小偷家族

（原名：萬引き家族）

作者／是枝裕和　譯者／黃涓芳
榮譽發行人／黃鎮隆
執行長／陳君平
協理／洪琇菁
執行編輯／呂尚燁　國際版權／黃令歡、梁名儀
企劃宣傳／楊玉如、洪國瑋、施語宸　美術編輯／方品舒
發行／英屬蓋曼群島商家庭傳媒股份有限公司城邦分公司　尖端出版
台北市中山區民生東路二段一四一號十樓
電話：（〇二）二五〇〇—七六〇〇（代表號）
傳真：（〇二）二五〇〇—一九七九
中彰投以北經銷（含宜花東）／楨彥有限公司
電話：（〇二）八九一九—三三六九
傳真：（〇二）八九一四—五五二四
雲嘉經銷／威信圖書有限公司　嘉義公司
電話：（〇五）二三三—三八五二
傳真：（〇五）二三三—三八六三
南部經銷／威信圖書有限公司　高雄公司
電話：（〇七）三七三—〇〇七九
傳真：（〇七）三七三—〇〇八七
香港總經銷／城邦（香港）出版集團有限公司
香港灣仔駱克道193號東超商業中心1樓
電話：（八五二）二五〇八—六二三一
傳真：（八五二）二五七八—九三三七
E-mail：hkcite@biznetvigator.com
馬新經銷／城邦（馬新）出版集團　Cite(M)Sdn Bhd.
E-mail：Cite@cite.com.my
法律顧問／王子文律師　元禾法律事務所
台北市羅斯福路三段三十七號十五樓
二〇一九年三月一版一刷
二〇二二年五月一版四刷

郵購注意事項：
1. 填妥劃撥單資料：帳號：50003021戶名：英屬蓋曼群島商家庭傳媒（股）公司城邦分公司。2. 通信欄內註明訂購書名與冊數。3. 劃撥金額低於500元，請加附掛號郵資50元。如劃撥日起 10～14日，仍未收到書時，請洽劃撥組。劃撥專線TEL：(03) 312-4212 ・ FAX：(03) 322-4621。E-mail：marketing@spp.com.tw

國家圖書館出版品預行編目資料

小偷家族 /
是枝裕和 著 ; 黃涓芳譯 . --初版.
--臺北市：尖端出版，2019.03
面 ; 公分. --(嬉文化)
譯自：万引き家族
ISBN 978-957-10-8308-7(平裝)

861.57　　107011936